丁晨　著

寻找

XUN ZHAO

陕 西 新 华 出 版
太白文艺出版社 · 西安

图书在版编目（CIP）数据

寻找 / 丁晨著. -- 2版. -- 西安 ： 太白文艺出版社，2017.9（2023.6重印）
ISBN 978-7-5513-1213-4

Ⅰ. ①寻… Ⅱ. ①丁… Ⅲ. ①散文集－中国－当代 Ⅳ. ①I267

中国版本图书馆CIP数据核字(2017)第180130号

寻找
XUNZHAO

作　　者　丁　晨
责任编辑　葛　毅　李明婕
封面设计　李　欣
出版发行　太白文艺出版社
经　　销　新华书店
印　　刷　三河市同力彩印有限公司
开　　本　787mm×1092mm　1/16
字　　数　130千字
印　　张　14.875
版　　次　2015年11月第1版
　　　　　2017年9月第2版
印　　次　2023年6月第2次印刷
书　　号　ISBN 978-7-5513-1213-4
定　　价　42.00元

联系电话：029-81206800
出版社地址：西安市曲江新区登高路1388号（邮编：710061）
营销中心电话：029-87277748　029-87217872

其人其文皆上品

——读丁晨散文集《寻找》

子页

我从俄罗斯回来第二天接到丁晨的电话，说他找我找得好苦。是啊，我刚开通了新手机，原来的手机在俄罗斯圣彼得堡滴血教堂门前被偷了。时下，手机比钱更重要，可怜那贼一定把我的手机当成钱包了，偷得我简直是防不胜防，全世界的贼都一样害人害己。他没偷到想要的东西，白费了功夫，而害得我更苦，各种资料全没了，也失去了和朋友的所有联系电话。

和丁晨见面后，他告诉我他的两件事：一是他加入了中国作家协会；二是他的第四本散文集《寻找》即将出版。我为他高兴。他邀我为《寻找》题字作序，这是信任、友情和尊重，我必须接受。答应后，我的心里就有了压力，这几年，我很少读书，也很少捉笔，偶尔的作为是给几位画家、书法家的朋友写点感受。记得20世纪90年代我为湖南作家何顿的小说写过序，之后，相约不断，便欠了作家周克芹、郭潜力、晓剑等人的文债，至今未能还上，人和心都懒了。

时间不算长，我是先读懂读熟了丁晨其人，随后开始阅读他的作品。回想起来，近20年我都不在西安，几乎脱离了陕西文学圈，真不知道有作家丁晨其人。一次，莫伸问我，你认识丁晨吗？我说，不认识。莫伸说，他是省交通厅《陕西交通报》的副总编，省交通作协的主席，是我们文学圈的好朋友，为人忠厚热情，经常组织作家去采风。不久，可能是莫伸的介绍，我接到丁晨电话，邀我去新开通的沪陕高速公路采风，我欣然前往。有了第一次，便有了第二次，第三次——每次的相约，都是一次认知，一次折服，一次感动。既是对事的，也是对人的。陕西的交通发展出人意料，也在情理之中。远在秦代，陕西与内蒙古境内就修筑了长约700公里、宽约五六十米的秦直道，被称为世界上最早的“高速公路”。到了今天，路在延续，路在交会，商洛等市已经实现了县县通高速，可以说路已通向家家门口。我们为交通人创造的奇迹感到骄傲和振奋。在这个过程中，作为交通发展的一名代言人、宣传者丁晨是尽职尽责的。他不仅自己写了大量的散文、报告文学和随笔，介绍歌颂筑路的伟业，而且联系组织了一大批作家深入交通第一线感受筑路的艰辛，贴近筑路人的心灵，感知他们的忘我，才有了诸如以前的《谁持彩练当空舞》《风雨沧桑大路歌》《补天之石》等一批佳作。从小母亲告诉我，搭桥修路是天下第一善事。丁晨作为交通人很幸运，积下了如此大德。他的身边还聚集着一大批交通文学爱好者，分布在各地市。丁晨言传身教，忠于职守，先做人，后为文，帮助他们成才，希望他们冒尖。这是怎样的一种宽广情怀，有多少人能够做到？

看过电子版的《寻找》，我又拿到了丁晨以前出版的《秋叶》《迟到的欣慰》和《幽复含光门》三部散文集。说实话，在很短的时间里，我不可能细细通读，但对《寻找》我是认真拜读的。丁晨要寻找什么？读过他的作品后，我以为，丁晨寻找的是历史，是信念，是灵魂，是平平常常生活中的诗意，是普普通通人性中的美质。有了寻找，才铸就了他的作品的忠实。

忠实于历史。

历史的烟云常常覆盖了真实，古往今来的一些阴谋家掩盖、歪曲、篡改历史，让真变成了假，假变成真，也使那些曾经为民族建功立业的英雄蒙受不白之冤，让百姓迷惘，愚昧，

而找回历史的真实，就是找回民族的良心。在他以前的散文《风烟勿幕门》中让我们知道了勿幕门的来历。井勿幕，陕西蒲城人，中国最早的同盟会员，宣传革命思想，组织发动反清起义，起义胜利后，功成名退，拒绝陕西大都督之位，亲自率领军民在东西两线抗击清军的反扑，后又参加二次革命，讨伐袁世凯，井勿幕被赞誉为“西北革命巨柱”。令人痛惜的是他被刺杀，年龄不到31岁，依据他的功勋，被追认为陆军上将。为了永久纪念这位辛亥革命元勋，将西安城墙的小南门更名为“勿幕门”。丁晨写道：“新中国建立后，受错误思潮影响，新政权对旧政权的一些做法，采取了简单的否定态度，于是‘勿幕街’被改回旧名，而‘勿幕门’早已湮没在历史风烟之中，也被改称为小南门。静静安卧在西安市长安区上塔村凤栖塬清凉山寺旁的井勿幕先生之墓，在‘文革’中被毁，其遗骨也被‘红卫兵小将们’抛撒了，棺板则被当地农民拉走卖了。直到1981年纪念辛亥革命70周年之际，井勿幕墓地才得以重修。”这段叙述给我们讲述了一个革命先烈的故事，这段历史教科书中鲜有，在我的记忆中都似乎是空白。对后人该有多么重要的启迪。丁晨呼吁：将“勿幕门”三个大字，能早日醒目地镌刻在今日人们仍叫小南门的城门洞上，让后人世世代代铭记一个叫井勿幕不到31岁的年轻人，在这片土地上演绎的热血报国史剧。无论现实如何，这呼吁已在千千万万民众的心中回应！

丁晨同样记录了筑路人的历史，尤其是川藏、青藏公路的修建，在平均海拔 5000 米的世界屋脊上修路，风雪，严寒，缺氧，原始的工具，筑路人的艰难和牺牲都是空前的。其中的代表人物是慕生忠将军，丁晨在简短的文字里写他的执着，写他的经历，写他的伟业，更写他的遭遇，读过让人唏嘘不已！一个如此的筑路英雄竟被打成彭德怀反党集团的黑干将，遭到残酷迫害，20 年后才得以恢复名誉。我感到丁晨是含着眼泪完成这篇书稿的。

在丁晨的散文里，对历史真实的追寻是处处可见的，大到历史变迁，小到一砖一瓦的来历，他认真告诉我们不能忘记历史，更不能妄解历史，否则我们民族的灵魂就会在时间的长河里缺失。

忠实于现实。

丁晨的人生道路是普通的，虽没有金戈铁马，没有风花雪月，也没有大起大落，但他受过苦，饿过肚子。他在《寻找属于自己的文字》里，详细地描写了自己的生活，土生土长在古城墙下，爬城墙，逮蛐蛐，捉迷藏，卖大碗茶，饿肚子。他从小父母双亡，“文革”中上山下乡，做过生产队的会计，后来当工人，当报人，如今成了作家。他经历了共和国高度计划经济、“文革”和改革开放三个截然不同的时期。什么稀奇古怪的事都见过，所以，厌倦说大话、说空话、说假话，讨厌官样文章，讨厌指手画脚，讨厌溜须拍马。我想他这样的人在官场上是稀有金属，他的散文写的是自己的经历，自己的所见所闻，自己的思考，自己的感受，很随意，不矫情，不卖弄，也不取宠。他更多的篇幅写普通人的生活，如他早前的作品《道班里走出的收藏家》《秦岭深山里的夫妻养路工》《道班之夜》《韩艳》和《民工的名分》等。在短篇小说《韩艳》里，他以白描的手法描写一个漂亮普通的女工，爱打扮，爱漂亮，在那个特殊的年代，被领导看作是落后分子，然而，她在关键时刻救助了一个丢失的小女孩。消息传开，人人吃惊，厂里开表彰大会。“她站在讲台上，脸憋得通红，结结巴巴说，这是我头一次受到领导表扬，我想一个人总不能在表扬和赞歌声中生活，我不是什么榜样，更不是活着的雷锋，我就是我自己——韩艳，一个普通的女工。”这简单话语，却是那么的温馨、熨帖，因为她是鲜活的、普通的、真实的。

对现实的忠实更在于对事业的坚守，丁晨是交通人，他肩负的是交通，讴歌的是交通，他的文墨几乎全部奉献给了交通。照他的话说，他有晚上写作的习惯。一句平常的话语，写作的人都能体会那呕心沥血的苦处。翻开他的几部散文集的目录，我数了数，有近百篇文稿是写交通的人和事。太不容易了。丁晨自谦，他说他写不了诗和小说。我是写诗和写小说的，当然无论写什么，都必须有生活，生活是海洋，可小说家可以靠灵感让它蒸发，成为天空变幻莫测的云雾，可以虚构，可以延伸。于是，就有了风，有了雨，有了雷鸣电闪，小说的世界才多姿多彩。而丁晨完成的报告文学和散文，纪实是要绝对忠实于现实的。每项工程的内容、大小、跨度、投资、进程、时间都要精确，来不得半点虚假，这样的写作内容自然就把丁晨变成了差役式的人物，必须亲力亲为，跑断腿，磨破嘴。如此的写作，靠天赋，更靠对事业的忠诚。

忠实于文学。

文学即人学，作家的根本使命是反映人的欲望，人的诉求，人的生存，人的遭际，人的悲欢，人的爱恨，人的尊严，以及人的走向和未来。尼采是一个浪漫的诗人，他说，人类要在酒神的引导下朝着太阳升起的地方进发——无疑，这是最浪漫美好的了。可现实的社会是冷酷的，我们曾经高举过“三面红旗”“大跃进”，结果造成天灾人祸。人和社会是互动的，离开现实是不可能的，每个历史时期都有不同的历史政治、氛围和语境，任何人都脱离不了，作家也脱离不了。我曾经翻看我发表在《新疆日报》上的第一首诗作《戴柳条帽的姑娘》感到脸红。所以，在丁晨的早期作品中难免留有屈从的痕迹，如，他第一部作品集《秋叶》里小说篇和新闻篇里的人和事，确有“超常突变一年间”“平河梁上红旗飘”之感。但是作家的人格最终决定着作品的取向，在《迟到的欣慰》集子里，作家丢弃了包袱，我们更多地看到了作家的人格力量。在《民工的名分》中，丁晨大胆地揭示当今社会的最大的不公，“由于我国实行的二元化户籍制度造成根深蒂固的城乡壁垒极大地制约了劳动力的自由流动，恶化了资源的有效合理配置。长期形成的传统观念，使社会上一些城里人，把农民工当作‘盲流’、社会不稳定因素，对他们进行种种歧视、限制和防范，甚至强行遣返，人身迫害。这些农民工在城市生存，干的大都是城里人不愿干不屑干的脏重累险活，而且报酬低，工作时间长，劳动强度大。许多农民工常常处于一种合法权益得不到保障的非常尴尬的境地。”这段朴实的文字很有弹性，可以概括为“琴心剑胆”。我曾经和陈忠实兄议论过此事，陈忠实的态度很鲜明，他在党代会上呼吁过。作家的根本职责是什么？不是粉饰，不是讨好，更不是冷漠！作家的根本使命是深入民众底层揭示社会病态弊端，维护社会的公正！如此，才能彰显正义，推动社会发展。

丁晨认为自己不是专业作家，是业余作家、“半吊子”文人。我以为专不专业并不重要，一个作家重要的在于人品和作品，中国古代的大文豪诗圣，屈原、杜甫、苏东坡、曹雪芹，哪一个是搞专业的？而他们以他们的人格和作品在文学史上矗起了难以逾越的高峰！如今的专业作家，混出的有几个？我如此强调作家的人品，是因为当下的文坛，一些作家的人品和作品已经严重崩塌，作品垃圾，人更垃圾。他们背叛了文学，神圣的文学也被金钱绑架，拿钱买路，拿钱获奖，拿钱当官的丑闻不断爆出。倘若如政坛一样扫荡腐败，一定也是很触目惊心的。

丁晨恐怕意识到了文坛的污染，他在他的交通作协会上一再呼吁：“为文要先为人，文品要看人品。因此，每一位交通作协会员，都要兢兢业业干好交通本职工作，加强文学理论修养和道德修养，完善人格力量。”要干干净净做人，老老实实作文。

当今每个作家的个体生命都在社会的大潮中涌动，有担当的作家内心深处都在耕耘、播种、守望，不是为自我救赎，而是寻找“公若登台辅，临危莫爱身”的艺术生命。

读过丁晨的《寻找》，我似乎明白了他在寻找一个真实的自己！

2015 年 8 月 17 日

作者简介：子页，原名姚正兴，著名作家、书法家，曾任石油部领导、省政府领导、市委领导秘书、《长安》文学月刊主编、西安市作协副主席。出版诗集、散文集、长篇小说、专著多部，计有500多万字，很多作品被介绍到国外。

目　录

生活杂感

方寸世界

交通风景

生活杂感

shenghuo zagan

寻找属于自己的文字

——在第四届中国西部散文家论坛上的发言

多年来，我一直在寻找适合自己的写作方式、写作方向和属于自己的文字。我给我的定位是：业余作家，半吊子文人，老三届知青。少年长身体年代，卖过大碗茶、饿过肚子；青年长知识年代，历经“文革”内乱、插队务农、进工厂做工；最需父爱母爱的成长年代，父母先后双亡。做过近 30 年的编史修志、政策研究、报纸编审和交通作协等文字工作。

写小说，作者是需要躲到幕后，要有灵感，要会精心虚构编故事，我也曾尝试过，人贵有自知之明，看来我没有那么多没完没了的故事去编。再说现在小说汗牛充栋，有几个人能捺着性子卒读小说，特别是大块头的长篇小说。据说茅盾文学奖的评委里，也有人根本就没读完被评的长篇小说。鲁迅先生在他的文章《病中杂谈》里，就抱怨躺在病床上捧厚如城砖的大块头精装书那一份费劲。

写诗是要有意境、有韵律的，那是文学最高雅的形式，是要有诗人气质的。虽然我也喜欢读诗，也曾尝试偶尔写过诗，但没能成功。当下在这个浮躁的年代，有几个人在写诗、读诗呢？可是，在生活节奏加快、人们整日忙忙碌碌的当今世界里，散文的流行，却是时势之所趋。当下，似乎人人都能写散文，但是要把散文写好还真不容易。要想掌握散文的真谛，都成为散文家，那更是难上加难，其实，也是社会上不需要的。正如鲁迅认为，读书写作并不是都成什么家，他在文章中说："幸而有各式各样的人，假如世界上全是文学家，到处所讲的不是'文学的分类'便是'诗之构造'，那倒反而无聊得很了。"

还好，经过不断的尝试，我似乎找到了，写随笔、散文是适合我发展的比较宽广的路子，找到了属于我自己的文字。

鲁迅先生说过："散文的题材，其实是大可以随便的。"巴金先生说："我的任何散文里都有我自己。"散文可以说是要表现自我，这就需要大胆无忌。正如鲁迅先生所说"任意而谈，无所顾忌”。

散文是自由散漫的文字。散文的内容无所不包，它的形式也应是绚丽多姿。泰戈尔曾用过一个生动的比喻说：“散文像涨大的潮水，淹没了沼泽两岸，一片散漫。”可见，散文完全可以从容自由任意地挥洒。当然这个“散”并非是一堆散沙、松散拖沓的烂文。用朱自清的话说：“散文之散，当为潇洒自然的意思。”

散文，它可以沉静忧思，像淙淙的泉水；也可以慷慨激昂，像大海的怒涛；也可以明朗熠光，像秋夜的星空；也可以丰富细腻，像情感的词典；也可以深邃浩瀚，像思想的盛宴；也可以学富五车，像精美的论文；也可以鸟语花香，像美丽的风景。但是，不管是哪类散文，散文不是作文，它是作者真情实感的流露，是内心精神世界的表白，是文学创作的重要形式。越是散，越是难写；越是自由随便，越难把握。

我认为散文写作功夫在外，要摆脱眼前环境、条件的束缚，跳出待在家里，坐井观天，喝茶聊侃，斯守着自己的“一亩三分地”小天地。散文，就是写平常生活中那些最熟悉、最有感悟、最值得写的东西。不去矫情，不去刻意，不去营造，更无须“绞尽脑汁”。散文是作者要站在幕前，直抒胸臆，最终要写出感悟，写出境界，写出味道，写出个性，写出真情。

要用作者自己的语言写、自己的脑袋思考问题。好的散文要有思想内涵、知识素养、文化意蕴、美学品位和真情实感，以及优美愉悦人的语言文字。读者读了之后，是否能给人留下一些什么，思考一些什么，玩味一些什么，欣赏一些什么。

多年来，我把所见所闻，所思所想的人、景、事和一些历史、社会现象、日常生活，在电脑键盘上敲成了文字，就形成了属于我自己的随笔、散文。

我从小在城墙根生活、在城墙根长大，从小就爬城墙，捉蛐蛐，卖大碗茶，钻防空洞，对西安古城墙情有独钟。因而承担了“十二五”国家重点图书规划项目、国家出版基金项目——大型历史文化图书《西安城墙》（文化卷）的一些写作任务。多年又从事交通写作和报纸编审等工作，自觉地走访、考察和搜集了一些古道、古桥、古镇的遗址和资料。经过我的消化思考，写就了一些追古思今的城墙文化、交通文学和包括秦直道、蜀道、关中、关隘、古桥梁、驿运制度等交通史话的文字。

我知道我写得不多、不深、不广，更谈不上好。但是我一直坚持着，用自己的语言，自己的思考，自己的真情感受，把散文写得尽量有一些思想的内涵、知识的内涵、文化的内涵。

我会一直向着这个方向努力的。

我毕竟是经过 17 年共和国高度计划经济、10 年“文革”和改革开放三个截然不同时代的“老三届”知青。对大千世界无奇不有的状况，似乎都见怪不怪了。但是我看似不善奢谈，其实生性倔强，从骨子里追求自由自觉自愿，上当受骗的事，再不想干了。因此我腻歪、厌倦了说大话、套话、假话和空话的官样文章、说教文章。不会矫情地写无病呻吟、自作多情、空洞无味、搔首弄姿的文章。我也不喜欢写盲目地吹捧人或对别人说三道四的文章。我不信、也不屑于一些部门和领导推荐、指定的书看。我主张开卷有益、博览群书无禁区。我喜欢如鲠在喉，不吐不快，有感而发。我的脾性是能耐得寂寞，坐得住，沉住气，像苏轼诗曰：“博观而约取，厚积而薄发。”我在多种场合、多次说过，我平生最喜欢一位诗人说的话：“创造美的职业从来都比海盗更凶险。”最信奉马克思一句名言：“自由自觉的活动恰恰就是人类的特征。”我喜欢自由自觉地读，自由自觉地想，自由自觉地写，自由自觉地说，自由自觉地生活。我自觉地把我读书、我思考、我写散文当作自己一种愉悦的精神追求和生活方式。

2014 年 5 月 17 日

散文：心灵真情流淌的文字

——为第五届中国中西部散文家论坛准备的发言稿

我在去年第四届中国西部散文家论坛上发言时，曾说："长期以来，我一直在寻找适合自己的写作方式、写作方向和属于自己的文字。还好，经过不断的尝试，我似乎找到了，写散文是适合我发展的比较宽广的路子，找到了属于我自己的文字和表达心灵真情的方式。"

我是陕西交通人，是一名行业作协陕西交通作家协会的业余作家，半吊子文人，"老三届"知青。做过 6 年编史修志、2 年政策研究、22 年报纸编审和 7 年半交通作协主席等文字工作。我书读得不多，读得更不好；文章写得也不多、不深、不广，更谈不上好。但是，我一直坚持着，用自己的语言，自己的脑袋思考，把散文写得尽量有一些思想内涵、知识内涵和文化内涵。

散文是我心灵真情实感流淌的文字，是我心灵的独白和映照，也是我的一种生活方式。

第五届中国中西部散文家论坛陕西团合影

我认为，散文不论是题材、形态、篇幅、路子、风格和内容，都应当是随意的、开放的。散文家的心灵是自由的、自觉的，散文家的胸怀应该是宽广的、坦荡的、包容的。散文，自由奔放，随心所欲，绚丽多姿，大胆无忌，无所不包。

但是，不管是哪类散文，哪种样式，散文都是作者真情实感的流露，是内心精神世界的表白，是文学创作的重要形式。

也是作者感悟的凸显，理念的凝聚，思想的火花，智慧的结晶。散文纵贯古今，横亘中外，包容大千世界，穿越历史长河，寄寓于山川河流、人生百态、家长里短、花鸟虫鱼，闪现在思维领域万千景观。

散文可以自由散漫，漫不经心地写作；可以天马行空，精雕细琢，大刀阔斧；可以有病呻吟，也可以无病呻吟，只要呻吟之声，有内涵，有真情，有味道，就是有感而发，也是一种享受。散文是一种直抒胸臆或借景抒情，或寓情于景，让作者倾诉内心欲望的文字。如果说诗是感情的火花，那么散文就是感情的泉涌。就是说散文要把作者自己摆进去，撕开面具和包装，写自己想说的真心话、真情境、真感情。

著名作家贾平凹说过："散文更重要的还是细节，甚至比小说来得更精，来得更纯。才、识、学比任何艺术门类都检验得严格。真实的感受，独特的吟味，幽深的寓意，靠的不是编造故事的天才，靠的不是红红绿绿词汇的游戏。事实证明着散文不需要生活的论调，是何等的无知。"他还说："散文要以激情来写作，对生活充满热情。这样我们的感觉才会敏锐，作品才会有浑然之气。"

我省著名文化学者肖云儒先生早在54年前的1961年5月12日《人民日报》的一篇短文中提出散文"形散而神不散"

的主张，在全国影响很大，也引起了争议和讨论。我认为不管散文是形散还是神聚，古人明代王文禄在《文脉》说得好："为文须有文心，始可与言文。"所谓"文心"者，说到散文，我的理解就是散文的思想，散文的内核。清人吴德旋也说过："作文立志要高。"这里的志，我理解也是对散文的思想要求。所谓"高"，是指散文的内涵，思想要深邃高远。散文再散，也要有思想内涵。

我们知道文无定法，但是好的散文，人们还是有共识的，也就是坊间常说的英雄所见略同。以天然去雕饰的共同特色，直抒胸臆，在散文写作方面表现的是难得的朴实。散文创作是作家对社会、对人生、对事物的一种独特的感悟。

在这方面古代散文大家给我们做出了启示。

从古代的散文看，凡是历久不衰被人们称诵的名篇，都是感情真实、文字朴实之作。比如司马迁的《报任安书》，欧阳修的《陇冈阡表》，诸葛亮的《出师表》嵇康的《与山巨源绝交书》和李密的《陈情表》等。司马迁的《报任安书》因为是私人信件，并非公开流布的文字，所以他才说了那么多真心话，才成为千古绝唱。欧阳修在写《陇冈阡表》这篇文章时，叙述的虽是家庭琐事，但却系夫妇、母子之常景真情。诸葛亮当时虽然是丞相，他的《出师表》并没有多少空洞的官腔。

嵇康的《与山巨源绝交书》，也说了些真心话，透露了出去，就招来了大祸害。李密当时的处境，尤其困难，如果他不说真情实话，能够瞒得过司马氏的耳目？文章能取信于当世，方能取信于后代。

在散文家论坛上和著名作家肖复兴合影

这些精彩的散文名篇，之所以能流传至今，就是因为感情的真挚和文字的朴实无华。

著名文化学者余秋雨说："我不喜欢人文科学里关在门内做学问的书斋学者式的小循环圈。我觉得自己应该'出走'，去认真考察在课堂里、在书斋里看到的东西，我要去寻找。在寻找的过程中，感受越来越强。所以有了一篇篇的文章。我行动在先，我生命历险在先，我一定要通过这种方式把别的人不可能参与到的事件行为考察出来。”所以他最喜欢欧洲的两个散文家，一个是恺撒写的《高卢战记》，是散文的开山之作，一个是邱吉尔的《第二次世界大战回忆录》是大散文，获得了诺贝尔文学奖。他还说：“用生命历险的方式去进行这种大文化的考察，可以摆脱我们以前比较小家子气的散文文体。”

首先我作为交通人，长期以来在对交通事件、交通人物和交通工程的熟悉和采访中，寻找感悟和真情，写就了一系列富有个人色彩的交通题材的报告文学、随笔和散文。

多年来，我把所见所闻，所思所想的人、景、事和一些历史、社会现象、日常生活，以及对亲情、爱情、友情的感悟，在电脑键盘上敲成了文字，就形成了属于我自己的散文。

我从小在城墙根长大、在城墙根生活，从小就爬城墙，捉蛐蛐，捉迷藏，卖大碗茶，钻防空洞，对西安古城墙情有独钟。我又专门对西安古城墙做了较长时间的探访和考察，写出了一些城墙文化的散文。

多年又从事交通史志的编写和报纸编审等工作，自觉地走访、考察和搜集了一些古道、古桥、古镇的遗址和资料。经过我的消化思考，写就了一些追古思今的交通文化和包括秦直道、蜀道、关中、关隘、古桥梁、驿运制度等交通史话的散文。

由于长期主持交通作协工作，逼得我自觉或不自觉地研究和分析陕西交通文学的现状和特点，写就了一些从我心灵流淌出的评论和介绍文章。最近还写就了一系列倾注个人情感的有关方寸世界故事的散文。

我认为，散文写作功夫在外。要摆脱眼前环境、条件的束缚，跳出待在家里，窝在办公室和书斋里，坐井观天，喝茶聊侃，厮守着自己的“一亩三分地”小天地的旧习惯。要多学习、多读书、多积淀。到大自然中去，到考察的景观中去，到生产一线去，到普通的人群中去，到火热的生活中去。去寻找、去体验、去发现、去历险。写平常生活中那些最熟悉、最值得写的东西，不使劲、不刻意、不矫情、不营造，更无须绞尽脑汁。写一点儿感悟，写一点儿味道，写一点儿思绪，写一点儿韵律，写一点儿真情。

我喜欢自由自觉地读，自由自觉地想，自由自觉地写，自由自觉地说，自由自觉地生活。我自觉地把我读书、我思考、我写散文，当作自己一种愉悦的精神追求和生活方式，也是我的一种生活消遣。我会一往无前，一路长啸，继续努力的。

2015 年 5 月 24 日

从《青木川》到青木川

读完了著名女作家叶广芩的长篇小说《青木川》，一直想着到青木川去看看。2007 年的春天，我手捧着小说《青木川》踏上青木川古镇。但回来后一直没有缀字成文。长篇电视连续剧《一代枭雄》的热播，激起了我再上青木川的欲望。2014 年的阳春三月，我和几个文友，手捧着小说《青木川》，重上青木川。

7 年前，我一从叶广芩手中拿到小说《青木川》，就一口气认真地拜读完全书。读罢小说，掩卷沉思，我感觉这确实是一部少有的有趣有味、奇特奇妙的长篇力作。

小说《青木川》的故事，围绕着离休干部冯明、他的女儿作家冯小雨和唐史研究学者钟一山三个人，各怀不同目的，

漫步青木川古镇

结伴而行，翻山越岭，在一个有风的夜晚来到了陕南深山小镇青木川而展开。青木川是一个“一脚踏三省、鸡鸣三省响”的陕、甘、川三省交界的小镇。当年的土改工作队负责人冯明，暮年旧地重游，缅怀逝去的岁月，祭奠昔日在青木川牺牲的恋人林岚，对那段历史进行梳理回味。冯小雨在照顾父亲的同时，对民国时期教育督察的夫人、北平女子师院西语系毕业生程立雪随丈夫陕南视察，被土匪劫持后杳无音信，而后偏僻的青木川却出了一批会讲英语的孩子的事情颇感兴趣，特来探寻程立雪的下落。钟一山把青木川认作了研究杨贵妃东渡日本之谜的通道，要在青木川考证出唐代蜀道走向的痕迹。三个人的青木川古镇之行，复活了一段尘封半个多世纪的历史，一种不同于通常历史叙述的社会面貌，一批生活在历史中而无法记述在教科书中的人物，体现了一个作家知识分子的胆识、慧眼和良知。

小说把一个民国时期称霸一乡、威震四方的匪首魏富堂跌宕复杂的传奇经历和生平，立体地、鲜活地、惟妙惟肖地呈现在读者面前。

小说的主人公魏富堂生性顽劣，土匪出身，是青木川当地民团司令，靠种大烟发家，武装了自己，也富裕了青木川一方百姓。但他种大烟自己却不抽也不许青木川百姓抽，谁抽枪毙谁。他没文化，从不走出山外，却尊重现代文明，办剧社、办学校、教外语，崇敬文化人。他出钱资助，送成绩优良的贫困农家子弟去成都上大学。他修路建桥大办善事。他的民团手握现代洋式枪械，保护来往青木川的商贾，却狙杀北上抗日的红军战士。他身上有邪气、匪气，又有正气、义气。他一生酷爱枪械和女人，先后娶了五房太太，都是名门闺秀，为的是改变魏家的基因。魏富堂广置良田美宅，是青木川地地道道的土皇帝。后因国民党潜伏特务魏富堂外甥李树敏，血洗了刚刚进驻青木川的解放军土改工作队，嫁祸于魏富堂，使魏富堂的政治

面目变得模糊不清。1952 年春天，魏富堂和李树敏作为土匪恶霸被政府镇压，具体执行者就是冯明。50 年后政府为魏富堂平反，一座修整一新、做工精美的魏富堂墓冢和新刻碑文竖立于青木川魏富堂老宅的后墙外头，碑文内称魏富堂为“开明士绅”。

小说里不疾不徐、娓娓道来的平稳的叙事方式，既凸显作家不显山不露水文字功力的高明，又便于读者阅读。我特别对小说中对程立雪、谢静仪、解苗子几个女性虚幻、神秘和飘忽迷离的描写，非常着迷，逼得我不得不一口气阅读完小说，方知其中的奥秘。程立雪是谢静仪还是解苗子？谢静仪究竟下落如何？这些疑问贯穿全书，一直是给读者留下的悬念。读完小说才知道程立雪和谢静仪是一个人。被土匪俘获的程立雪是一个端庄高雅、大气方正、美丽的知识女性。她看破红尘，隐瞒了自己的真实姓名，而冒用了自己终生未嫁的姨母的名字“谢静仪”，被魏富堂推举为青木川富堂中学的校长。谢静仪作为青木川现代文明的化身，影响和改造着土匪出身的魏富堂的人生和品行，也改变着青木川的面目和格局。魏富堂对谢静仪的毕恭毕敬，言听计从，以及他对谢静仪的微妙关系，自然引起青木川镇内外人的猜测和传闻。这也是吸引读者卒读全书的精彩之笔。但是正如书中魏富堂女儿魏金玉所说：“自始至终，谢静仪和她父亲，没有过任何肌肤之亲，他们的关系清澈如水，可鉴日月。”“慢慢地她也觉出，将粗糙孔武的父亲和细腻韶秀的女校长硬捏在一起的想法是太荒唐，太不现实。”而解苗子是魏富堂娶的第五房太太，她深知魏富堂爱慕和敬重谢静仪，谢静仪身长瘤子，“吞烟自杀”，一下使魏富堂内心的精神支撑塌了。因而解苗子穿着谢静仪生前的蓝旗袍和魏金玉的皮鞋，替代谢静仪和魏富堂女儿魏金玉，目送魏富堂赶赴刑场的描写，可谓书中动人的神来之笔。

位于汉中市宁强县 100 多公里的青木川古镇，2007 年我初来时，古镇还不售门票。古朴清纯的小镇，群山环抱的一片平川，木房、廊桥、古树，蓝天、老街、石板路、绿地、花草、金溪河，加上悠远的历史，秀丽的风光，生动的人文，依稀可见的西洋楼房、别致豪华的美宅、巴洛克式浮雕的礼堂、即便大都市也少见的宏伟壮观的辅仁中学、辅仁剧社和青木川的标志性建筑——魏富堂新老宅院，以及偶尔能听到张口便讲英文的老者……深深地吸引了我，感染着我。我有幸见到了小说《青木川》中的重要人物许忠德的原型，也是青木川近现代历史的见证人，即魏富堂出资供养上四川大学读历史的，而后唯一回到青木川知恩图报的徐种德老人。魏富堂委任徐种德为少校参谋主任，一个随口而出的名分，给徐种德带来了一生的麻烦，成为历次运动的“运动员”。徐种德老人不但接受我的采访，给我讲述了魏富堂的身世为人和青木川的历史，还给我带来的《青木川》小说题名并合影留念。

徐种德老人给作者题辞

今年我们再上青木川时，情况就大不一样了。2008 年的汶川大地震青木川毁坏严重。震后当地政府耗费大量“真金白银”对青木川古镇进行了大规模修葺。青木川的面貌焕然一新。新建的青木川古镇牌楼赫然屹立在进入古镇的山门口。免费参观成为了购票参观。历史老人徐种德 2010 年已经去世，他的由作家叶广芩与万邦书店共同捐建的公益书店——徐种德书屋，店名由叶广芩题写，屋在人去。徐种德的儿子继承父业，经营着书屋，继续给游人讲述、叙说着青木川的昨天和今天。沿着金溪河一排排新建的仿古商铺、茶社、餐馆、酒店、银行、客栈、书屋、宾馆，鳞次栉比，林林总总。特别是青木川的两个标志性建筑——魏氏老宅和辅仁中学都进行了翻修，吸引和迎送着熙熙攘攘的游客。青木川的农家和镇上人采用多种方式，经营着餐厅、农家乐、各种土特产小吃和书屋，推销自己，也推销着青木川。

今日之青木川已经成为陕西乃至全国的旅游胜地。到了旅游旺季，这里游人如织，吃饭紧张，住宿紧张，停车紧张，接待紧张。昔日清幽宁静的青木川古镇，人声鼎沸，人满为患了。

参观徐种德书屋

一部长篇小说《青木川》的出版，引出了电视剧《一代枭雄》的热播。虽然电视剧《一代枭雄》把小说《青木川》改编得面目全非，甚至有些匪夷所思，但是热闹的电视剧《一代枭雄》还是再次迎来了青木川的旅游热。小说《青木川》使偏僻的青木川小镇名声大振，不但促进了青木川旅游业的发展，搞活了地方经济，也使当地的百姓开阔了视野，日子富裕起来了。

啊，这就是文学作品的魅力和功用。

然而，富裕和旅游热之后，如何保护青木川古镇的原貌和环境不受破坏，应该是政府和游人所思考的了！

2014 年 4 月 23 日

为先考先妣扫墓

每年清明节，我们都要给亡父亡母扫墓。

2014 年清明节，胞妹黎明携儿女、儿媳、孙子，专程从石家庄回到西安，同我们一起给先考先妣扫墓。今年为了避开清明节人挤车堵状况，我和在西安的二哥两家，提前在清明节前夕的礼拜天，一大清早开着车，顶着春寒料峭的凉风，直奔古城三兆公墓园。

今年，由于三兆火化场已迁移长安，所以开往三兆公墓园的路上，虽然车来车往，但车比往年都少，也不太拥堵，司机们大都很礼貌，不抢道、不争吵，都默默地为着一个目的，缓缓而行。

公墓园里，更是人来人往。但是，每个祭奠者，都十分的安静和有序，人们捧着不同的祭品，找到各自亲人的安息之地，依照不同的习俗和方式，在完成了各种不同的祭奠程序后，便默默地、安详地离去。

父母离开我们已经40多年了。先考先妣所在的公墓园规模挺大，已挤满了密密麻麻的墓碑。尽管安葬死人的墓碑的价格和市场上的物价一样，天天都在飞涨，但每天仍有新添加的墓碑进入墓区；尽管活着的人常发牢骚：现在是普通老百姓死不起了，但凡到墓园立墓碑的，照样都是不差钱，墓园要多钱就给多钱。

墓园整齐划一地分为老区和新区，还有特区。老区的墓碑年久、简陋；新区的墓碑较新、规范；特区嘛，墓碑豪华、气派，向活人显赫着立碑者的富有、地位和奢靡。我父母的墓碑位于不太显眼的新区，加之墓园天天都有新墓户、新变化，因此每次我们扫墓，都要横穿竖寻才能找到父母的墓碑。

每次，都是我侄子和儿子眼明腿快，很快找到了我父母的墓碑。侄子、儿子、侄媳妇和儿媳妇们，静静地伫立在墓碑前，先用湿抹布将墓碑擦拭干净，然后在墓前供上香蕉、苹果和糕点等，再把我们带来的鲜花，徐徐地撒在墓碑上下和周围。最后，二哥和我率我们两家、三代人，向父母墓碑烧香、烧纸、点蜡并三鞠躬。看着父母的孙子辈娴熟、自然和老道的祭祀动作，霎时，我的心里平添了一抹温馨和慰藉。也可告慰九泉下的二老安息吧，你们的孙子辈们已经成长起来了，懂事了，他们定会比你们、比我们活得更好、更幸福、更有尊严。

只听二哥俯下身子在墓碑前喃喃低语："爸爸妈妈，今天儿孙们来看你们二老了，咱们丁家又添人口了。你们的孙媳妇梁燕也来看你们了。另，你的大孙子丁勇也已当外公了。"这时只见我的儿媳妇燕燕，蹲在二老的墓碑前手里烧着纸香，嘴里却喃喃自语："爷爷奶奶，我是你们新过门的孙媳妇，你们还不认识我，今天我头一次来看你们，祝福爷爷奶奶在天堂里安息。"此时，我的心里一阵感动。我也说："你的宝贝女儿明明这次回不来，我们代她来看爸爸妈妈了，祝福你们在另一个世界好好安息！"

在我们完成一切祭祀程序后，准备离去时，我忽然听到疑似一对父子的对话：

"爸，您认为人有灵魂吗？"儿子问。

父亲迟疑了一下，反问道："你说呢？如果没有灵魂，你在妈妈墓前倾诉的那些话，她能听到吗？"

听了他们父子的对话，我在想，其实，在大千世界，人们对"灵魂"的认知和理解是大不相同的。

我向来以为，人当然是有灵魂的。我理解的灵魂是指人的思想、人的精神和理想支撑。现代社会的大活人，倘若没了思想，没了精神支撑和理想追求，那岂不成了行尸走肉？

有人会问：“人死了还有灵魂吗？”

我想起了老诗人臧克家的著名诗句是最好的回答：

有的人活着，
他已经死了。
有的人死了，
他还活着。

我的理解是：这要因人而异。有的人他活着本来就是行尸走肉，人死了，哪还有什么灵魂呢？而有的人，虽然过世了，但是，他（她）的影响，他（她）的思想，他（她）的恩泽，依然甚至永远感染着活着的人，荫庇着活着的人，引领着活着的人，也就是坊间通常说的“他（她）会永远活在人们的心里”。

望着静静地矗立着的先考先妣的墓碑和园区里一处处撒满墓碑的各种鲜花，我突然想起了苏轼的《东栏梨花》的诗句：

梨花淡白柳深青，
柳絮飞时花满城。

惆怅东栏一株雪，

人生看得几清明?

虽然在这浩瀚的墓园里，先考先妣的墓碑，既不显眼，也不够气派，但它是我们儿孙们的精神寄托，是我们儿孙们的魂系所在。每年一度的清明扫墓，是我们几代儿孙们的隆重节日，也是家族充满温馨联谊的亲情聚会。

“人生看得几清明?”在这如雪花般又轻又薄的梨花顷刻间已飘飞满地的清明时节，诗人苏东坡顿悟了人生：在最美的时刻开始领悟到人生凄然的时刻。让我们现代活着的人，莫辜负大好的年华和时光，能够在短暂的生命之旅，更加珍视和充实生活、更加活得绚丽多彩!

每次清明扫墓，是我和我的亲人们一次真情的倾诉，精神的慰藉和心灵的洗礼。

但愿安息在古老而神奇的文化厚土上的父母英灵，能永远护佑和伴随他们的子孙后代在漫漫人生路上，一路走好……

2015 年 3 月 30 日改写

兄妹情

今年2月19日是2015乙未羊年的大年初一，也正是我的胞妹黎明的生日。我的妹妹丁黎明只比我小一岁多点，我们现在，人隔两地，她在千里之外的河北省石家庄市，我在古城西安。

在这里当哥的我只能遥祝小妹生日快乐，家庭幸福，事事顺心，颐养天年。

其实我们兄妹俩原来并不是人隔两地，她后来成家，嫁给了家在河北的女婿，随丈夫去了河北。我的老家也在河北，她也就去了。我家兄妹四人，因为她是我家唯一的女孩，父母自然最疼爱她。我们三个当哥哥的也处处疼着她、呵护她。父亲家教忒严，我们兄弟仨都挨过父亲的打，唯有小妹黎明，父亲从未动过她一指头。大哥出生在河北老家，比我俩大十几岁，长年在外地上学、工作，二哥比我俩大三四岁，又早早在外当兵十几年。家里除了父母，就我和小妹黎明两人，从小不分大小，无话不说，一块儿玩闹，一块儿学习，一块儿帮母亲做家务。她也从不叫我哥哥，只叫小名“小晨”，我也从不介意。从小学、初中到高中都在一个学校，只差一个年级，可以说直到农村插队前，里里外外我俩都是形影不离。

兄妹仨

有人说："哥哥的宠，妹妹的娇，是最甜美的情。"

其实我们俩，既是亲兄妹，又是好朋友。小妹从来没有给我撒过娇，我也没有宠过她。父母去世得早，我们是灵犀相通，相互依赖，相依为命，是最甜美的亲情。

回忆起我们兄妹过去的日子，总是让我感觉既酸楚又温馨。

国家三年困难时期，我们都是饿着肚子，为了一碗饭、一个馒头我俩总是你推我让。要过年了妈妈藏着糖果等吃的准备过年打牙祭，我总是忍不住先偷出来给小妹吃，她也总是先挑一个塞到我嘴里。家里的担水、买粮、买煤、做煤饼等重活我抢着干，小妹总是在一旁给我端水、擦汗。在家里帮母亲洗碗做饭等家务活，小妹也不让我插手，她总抢着干。童年时代的过年，我们都要给父母亲磕头，父母给我们每人好多张新毛毛票压岁钱，小妹总是要抽出几张塞到我兜里；我燃放鞭炮，她总是躲得远远的，捂着耳朵，露出甜甜的笑靥望着我……

小妹从小学、初中到高中都是班干部。小学第一批入了队，是班上的中队长。初中班上第一个入团，是学习委员、团支部书记，上高中仍是班上的团支部书记，她年年被评为三好学生。由于小妹品学兼优，为人乖巧，性格绵柔，不像我脾性倔强、刚直，因而在学校师生中，一直到社会上工作，她都很讨人喜欢。“文革”中，要上山下乡插队了，学校不少男生纷纷追她，以至于我这个当哥哥的要帮她解围。

虽然小妹一直都是班干部，虽然我这个当哥哥的也仅比她大一岁，但是在学校不论是生活、学习和班务上的什么难题、困惑和烦恼，她都给我说，向我讨教。父母的话她有时可不听，我这个当哥哥的话，她可是，言听计从。

“文革”刚开始，学校里停课批斗老师，社会上打砸抢，她不理解、想不通，问我是咋回事。在当时的政治环境，我这个比她大 1 岁的哥哥，又能知道些什么呢？只能告诉她不理解就当逍遥派，回家帮妈妈搞家务吧！

我俩都是“老三届”知青，我是高六六级，她是高六七级，“文革”中，都面临着上山下乡插队落户。当时我家两个哥哥一个在外当兵，一个长年在外地工作，为了把小妹留下照顾多病年迈的父母，我自愿第一批率先报了名到山村插队落户。可“工宣队”不讲道理、不讲人情，我下乡刚刚过了两个多月，他们就逼着我妹妹也要下乡。小妹无助地给我写信向我求救。我扒火车回来跟“工宣队”的人吵了一架。但是那个不讲人性、人情的年代，胳膊拧不过大腿，万般无奈，我只好给她联系了离西安近一些的平原地带的大荔县插队落户。我又专门把她送到大荔，安顿妥当才返回我插队的山村。

两年艰苦的农村插队生活，我们兄妹书信不断，相互鼓励。在那蹉跎的岁月里，对我们来说，读着对方的来信，那是极大的精神支撑。生产队里第一年年终分红，我分了20多元，我当即给小妹汇去了5元，她舍不得花，又把5元钱暖过来暖过去，后来交给了母亲。

小妹后来招工到了县城，不久她谈了个对象，父母有些不愿意。她蹬了辆破自行车骑了十几里路，险些被公交车撞上，到西安东郊我的厂子，问我咋办，我当时只说了一句话："按照你自己的意见办，其余的事我来做。"小妹回去后，婚事就定夺了。

结婚后，小妹长期调不回西安，无法和我与父母团聚，便决定和她丈夫调到河北。

秋天是感伤的季节。1978年一个秋风飒飒，秋叶飘飘的一天，小妹要离开生她养她的古城西安了。我这个当哥哥的就忙活着给她收拾行李，亲自把她送到火车座位上。我凝视着火车站远去的列车，我们兄妹俩不停地挥手，脸颊上都挂满了泪花。这一去，小妹离开西安竟37年了。

小妹为了供女儿求学凑学费，也为发挥自己退休后的余热，2002年至2008年和老公南下深圳打工。老公被聘到深圳一家医院坐诊行医，小妹当家庭教师。她每天起早贪黑，风雨兼程，挤公交车，在深圳这个快节奏、移民大都市不同的家庭里穿梭，不时地收获着尊敬，也不时地受到白眼。我不放心，2006 年国庆假日，我、老婆、孩子全家专程飞到深圳探望小妹两口。小妹两口在她租住的简陋房里盛情地款待了我们全家。

兄妹相见，仿佛都有回到了家的感觉。我们在深圳度过了愉快的几天。特区酸甜苦辣的生活，小妹亲身感悟了。虽然 5 年的家教生涯，小妹干得很苦、很累、很忙。但，我看到小妹成熟了、充实了，身子板摔打得也结实了。我欣慰了。

小妹在西安世博会

小妹离开西安37年的日子里，一开始我们书信来往，互致问候，互相关心。后来有了电话、手机，我们电话不断，短信问候。再后来有了智能手机，我们微信交流，嘘寒问暖。逢年过节或有啥事，她领着孩子到我这儿小住好几天，自己下厨做饭，我老婆孩子都很高兴，我们就像过节一样热闹。我和老婆到石家庄她那儿去，她和孩子忙前忙后，高兴得也像过节一样。我们虽然不时见面，或在电话里长谈，但是每一次见面总有说不完的话，聊不完的事：唠嗑家常，缅怀父母，追忆童年，畅话时政，谈叙同学，含饴弄孙……

如今，虽然从心态上我俩还略显精神，“廉颇老矣，尚能饭否”，但自然法则不可抗拒，我们都如古人所说，已是近古稀之年的人了。她育有一儿一女，早已当了奶奶；我育有一个儿子，也已升级为爷爷了。我们现在能做的事，就是保重身体，平和心态，好好爱自己，好好爱老公老婆，好好爱家人子孙，好好爱朋友和身边的人。

羊年到了，我衷心地祝福我小妹黎明，身体硬朗，安享晚年，让我们兄妹情深意长到永远！

2015年2月22日

国庆中州行

2014 年国庆节，我和二哥两家从西安倾巢出动，胞妹母女从石家庄出发，老小三代 12 口，浩浩荡荡直奔郑州，参加我大侄孙女婚礼。

大侄孙女是我们丁家的长曾孙、大侄子的独生女，武汉大学毕业，留德硕士。她和她先生都在大上海一家研究所供职。在上海买了新房，买了车，建立了自己的小家庭，可谓一路顺风：学业、事业、家业有成。

大侄孙女新女婿其父母都在郑州工作，其父是军队一名领导干部，婚礼办得简单得体，只摆了十来桌，大约不到半个小时婚礼就结束了。

隔日下午举行了回门宴。我在河南洛阳工作的侄子、侄女两家和远道专程赶来的我们兄妹三家，共 5 家老小三代近 20 口人，共同恭贺、祝福新郎新娘新婚志禧。回门宴上，作为丁家的新女婿，新郎首先认门、认人，并一一向诸位长辈、同辈和晚辈祝福敬酒。我的父母和大哥大嫂去世已多年，作为长辈即叔辈的二哥和我，也对一对新人和侄子、侄女、侄孙们，表达了祝福和祈愿。一大家子人，相互敬酒祝福，拍照留念，又说又笑，又吃又喝，回门宴上充满了热烈、和谐、难舍和欢悦的气氛。一次简约普通的家宴，成为我们丁家亲人们真情倾诉、和睦展示和亲情的彰显。

此刻，我突然想起鲁迅先生一首很有名的诗《答客诮》：

无情未必真豪杰，
怜子如何不丈夫？
知否兴风狂啸者，
回眸时看小於菟！

是啊，人类的社会，亲情、爱情、友情和同胞情，哪个都不能少！家庭是社会的细胞，亲情是最珍贵的，是第一位的，若没了亲情什么都没了，家和万事兴嘛！正如鲁迅先生诗中所说：有情有义才是英雄豪杰，怜子爱家谁说不是大丈夫？大山里威武狂啸的老虎，总是要回头看着他的小虎崽啊！

河南系中原大地，是中华民族最重要的发源地，古人有“逐鹿中原，方可鼎立天下”之说。今日之河南仍是中国的人口、经济、文化和交通枢纽大省。全国八大文化古都，河南就占一半。在河南期间，侄子考虑得很周到，给我们还安排了郑州、开封、洛阳游览。郑州、开封和洛阳我虽都去过，但这次和家人共游旧地，对这三市的发展变化、人文景观和市井风情，还是印象深刻，感触良多。

郑州作为全国铁路、公路交通枢纽中心城市，也和其他大城市雷同，大兴土木、大搞开发区和新区。郑州的东新区，马路开阔，高楼鳞次栉比，街道整洁，但人烟稀少，车辆不多，显得新区很空旷。老城倒有点儿脏乱差。已经开通的一条地铁线，和西安地铁里人满熙攘现象形成鲜明对照。

开封有着 2700 多年的历史，是首批中国历史文化名城，中国八大古都之一，有“琪树明霞五凤楼，夷门自古帝王州”“汴京富丽天下无”的美誉。由于时间仓促，国庆期间人挤人、人看人、停车难，我们又拖家带口，因而只能走马观花地游览了清明上河园和开封府两个景点。

驰名的北宋画家张择端的《清明上河图》，描绘了清明时

节北宋京城汴梁及汴河两岸的繁华景象和旖旎的自然风光。这一时期的火药、印刷术等发明由此传向世界各地，开封作为北宋京都，以其泱泱大国的气象，跃居为那个时期世界上最为繁华的都城。1998 年建成开放的清明上河园就是以画家张择端的画作《清明上河图》为蓝本，按照“营造法式”为建设标准，以宋朝皇家林园、市井文化、民俗风情等为题材，以游客参与体验为特点的文化主题公园。集中再现原图风物景观的大型宋代民俗风情游乐园，再现了古都汴京千年繁华的胜景，是中国第一座以绘画作品为原型的仿古主题公园。

开封府，位于包公东湖北岸，是北宋京都官吏行政、司法的衙署，被誉为“天下首府”。北宋开封府共有 183 任府尹，尤以包拯打坐南衙而驰名中外。现在所看到的开封府，是以宋代开封府衙为原型，2003 年重新建成开放的主题文化景区，与位于包公西湖的包公祠遥相呼应，形成了“东府西祠”楼阁碧水的壮丽景观。开封府之所以有名，除了被神话为清廉、公正象征的“包青天”曾任开封府尹外，先后还有寇准、范仲淹、欧阳修、苏东坡、司马光等一大批杰出人物在此任职而名闻天下。

气势威严的开封府，以大堂、议事厅、梅花堂为中轴线，辅以天庆观、明礼院、潜龙宫、清心楼、牢狱、英武楼、寅宾馆等50余座大小殿堂。相传梅花堂是包公打坐南衙为民申冤之处。堂内有一组包公接待告状百姓的蜡像。清心楼，包拯生前有诗云："清心为治本，直道是身谋……"包公铜站像，高3.8米，重5.6吨，是目前最大的包公铜像。包公蟒袍冠戴，长髯飘胸，脑门上有道白色的月牙，手持纸卷，眉头紧锁，像有思考不完的问题。

新建的清明上河园和开封府，园内还有汴绣、纺织、版画、官瓷、面人、糖人等各种手工艺术表演，以及杂耍、神课、曲艺、博彩、驯鸟、斗鸡、斗狗等五花八门民俗风情表演；府内还能够看到"开衙仪式""包公断案""演武场迎宾表演""喷火变脸"等多种仿古表演活动。

虽然耗费巨额"真金白银"新建的清明上河园和开封府，规模恢宏、建筑仿古、巍峨壮观、景致繁多，但是我们知道，清明上河图和开封府遗迹，早已荡然无存，现在看到的完全是人造的现代人文景观，也不是修旧如旧，修旧还旧，在这里实在是难觅历史的痕迹、灿烂的文化和艺术的熏陶。有的只是两个字"热闹"，全国类似这样的景点，还真是忒多，没太大意思。我生性不喜欢、不屑于那些人造的所谓历史人文景观。清明上河园和开封府我以前去过，这次干脆我就没怎么转了。

但是，游览洛阳龙门感受就不一样了。

龙门景区位于洛阳市区南13公里处，是与敦煌千佛洞石窟、大同云冈石窟和麦积山石窟齐名的我国四大石窟之一。主要包括龙门石窟、香山寺和白园等景区。景区有山、有水、有桥、有石窟、有墓园、有花木，是真正的融历史、文化、人文和自然为一体的名胜景观。龙门风景秀丽，这里东、西两座青山对峙，伊河水从中穿流而过。远望犹如一座天然的门阙，古称“伊阙”。据传隋炀帝杨广曾登上洛阳北面的邙山，远望洛阳南面的伊阙，对侍从说：“这不是真龙天子的门户吗？古人为什么不在这里建都？”大臣献媚道：“只是在等陛下您呢！”隋炀帝听后就在洛阳建起了隋朝的东都城，把皇宫的正门正对伊阙，从此，伊阙便被人们习惯地称为龙门了。

龙门石窟始开凿于北魏孝文帝迁都洛阳（公元494年）前后。后来，历经东西魏、北齐、北周，到隋唐至宋等朝代又连续大规模营造达400余年之久。密布于伊河东西两山的峭壁上，共有97000余尊佛像，1300多个石窟。现存窟龛2345个，题记和碑刻3600余品，造像10万余尊，佛塔50余座。2000年，被联合国教科文组织列入《世界遗产名录》。龙门石窟古碑刻最多，有古碑林之称，共有碑刻题记2860多块，其中久负盛名的龙门二十品和褚遂良的伊阙佛龛之碑，分别是魏碑体和唐楷的极品。龙门全山造像著名的最大的佛像卢舍那大佛，通高 17.14 米，头高 4 米，耳长 1.9 米。

龙门，这中华大地上的大型石刻艺术瑰宝，它的佛雕、建筑和书法都达到了艺术的顶峰。在这里每游览观赏一次都是一次震撼、享受和熏陶！

唐代大诗人白居易，晚年居住洛阳 18 年，对龙门山水十分眷恋，死后遵嘱葬于龙门。位于东山琵琶峰上的白园，是白居易的墓园，是文人墨客必去拜谒的地方。墓园围绕白居易人品诗风而设。秀水明山，花木树石，亭台楼阁，碑碣廊庑，无不体现出诗人性情、大唐风范和得体于自然的完美特色。白居易“洛都四郊，山水之胜，龙门首焉；龙门十寺，观游之胜，香山首焉”的诗句，早已声名远扬。

这次出远门，带上了我 1 岁 10 个多月的小孙女“月亮”，对小月亮是一次考验。出远门带小孩，还真不容易。小家伙吃的、喝的、穿的、用的全都得带上，她一人一个大包。小家伙不好好走路，我的任务就是和她奶奶看好、抱好、哄好小家伙，好让儿子、儿媳和其他家人游玩好。龙门去过几次，所以这次遗憾，我没直接上山观赏。我大侄子挎着小月亮的行李包，我和她奶奶轮流抱着小孙女，哄着，玩着，歇着，喝着，吃着，一面顺着龙门的伊河畔漫步前行，一面漫步仰视山崖峭壁上的龙门石窟。走到头我们又乘船沿着伊河返回。儿子、儿媳上山沿着石窟走廊参观完石窟各种雕像，过龙门桥又 直走到白园参观游览白居易墓冢。

小孙女很争气、很乖巧，也很兴奋，一路上不哭不闹，又吃又喝，有说有笑，有玩有睡，走走抱抱，虽然有点儿累，但是小孙女带来的快乐和惬意，恐怕就是含饴弄孙的天伦之乐吧！

这次河南之行，我们还专程给我大哥大嫂扫墓。先考先妣离开我们已经40多年。长兄如父，长嫂如母，大哥大嫂也离开我们五六年了。面对大哥大嫂的墓冢，二哥和我默默念叨："在洛阳我们看到了，侄子、侄女两家都过得很好，侄子在洛阳新区买了新房、买了车，女儿已成家立业，过上了小康日子；侄女早年病退，供一女儿在外地上大学，日子虽有些拮据，厂里旧房虽小，但改造装饰一新，也已过上温饱日子。作为叔辈的我们会关心他们的，告慰大哥大嫂九泉之下安息放心！"

一次短暂的河南之行，既加深温暖了亲情，又游览了中州古城，还感受到了现代高铁、高速公路的便捷和舒畅。

悠哉！乐哉！

2014年10月12日

每逢佳节倍思亲

日子过得好快呀！

2015农历乙未羊年马上就要到了，古人曰：每逢佳节倍思亲。在这一年一度的新春佳节到来的时刻，我倍加思念父母，想念兄妹。我的先考先妣早已离开我们40多年了，长兄长嫂也离开我们五六年了。父母去世时，我还是一个没有成家的青工，长兄长嫂去世时我还没有孙子。如今，虽然我早已为人夫、为人父，按古人所说我已是一个近古稀之年的爷爷了。可是，每当这个时刻，回想过去日子的艰难和温馨，回想父母的辛劳和教诲，回想兄弟姐妹在一起的无忌和穷欢，我就感慨万分，沉思良久，情不自禁潸然泪下，不能自已。

人生苦短，往事不堪回首，痛定思痛，这个时刻，我应该写篇《痛悼父母》的祭文，一来告慰九泉下的父母，二来教育我的孩子和孩子的孩子。今非昔比，今天的孩子太不知道过去了，太会享福了。应当告诫他们：他们的父辈、祖辈过的日子是和他们不一样的。当然，谁也无权让孩子们再过他们父辈、祖辈们一样的日子，只希望他们比我们过得好。

就这样，一直没有成文。每当我伏案在电脑前，敲键盘时，回首追忆过去那难忘的苦楚岁月和二老的苦心教诲时，就情不自禁泪水顺着脸颊浸湿了键盘。父母虽然和我们阴阳两隔，离开我们都40多年了，可家父家母的音容宛在，他们的形象在我的心目中一直是一尊圣洁、完美的丰碑。眼下不是常有一句时髦的问话吗？“你最崇拜的人是谁？”我可以任性地回答：“我最崇拜的人是父母。”

父母晚年，贫病交迫，正需要儿女们尽孝照料的时候，我们却没有一人在二老身边。我和胞妹正在山村插队务农，两个哥哥，一个当兵，一个在外地工作。孤寂、窘境的生活，加速摧残着父母的身心健康。可就在父母弥留之际，并没有因为不能见上3个在外地工作的儿女一面，而有丝毫的牢骚和抱怨。我想：不管我怎么用笔墨描绘都难以表达我对父母的不尽怀念、哀思和感恩，也无法描述出我心目中父母完整的音容笑貌。这也是我多年来迟迟不敢贸然动笔写悼念父母文章的缘由。我的父母病逝适值内乱年代的 1973 年和 1974 年，去世时双双年仅 66 岁。是那个年代过早地让父母离开我们。忘记过去，就意味着背叛。

可是，无奈一时我迟钝拙笨，找不到合适的文字，便把我 4 年前写的一首小诗和 10 年前的旧稿《迟到的欣慰》稍做修改，移在这里，聊表我的轸念之情。

每逢佳节倍思亲，
过年不忘父母恩。
思念考妣想兄妹，
血浓于水亲情深。
羊年吉祥盼相聚，
颐养天年福寿春。
永存一颗平常心，
终生安康日子顺。

人们啊，就是这样，总是在失去以后才发现生命莫测啊！总是在失去的时候，才深知爱的重要，才会感知拥有的可贵。

当你失去的时候，才会知道平平常常和父母、老婆、亲人、兄妹、子孙和朋友在一起的日子，竟是多么的短暂、温馨和幸福。

亲朋啊，赶快忘掉那些曾经的结怨、猜忌、争吵、纠结和烦恼，趁我们还活着，去学会真诚、包容、感恩、满足、珍惜、自乐和理解吧！

我现在能做的就是好好地爱自己，好好地爱老婆，好好地爱子孙，好好地爱还健在的兄妹和家人，好好地爱朋友和周边的人。

要知道：

亲情比金钱重要

朋友比领导重要

友情比义气重要

平日比节日重要

日子比过年重要

宽容比挑剔重要

本领比关系重要

读书比微信重要

知识比说教重要

健康和快乐比啥都重要

2015年2月9日

附：迟到的欣慰

先考先妣离开我们已经30多年了。

30多年后，我不仅早已做了父亲，而且也已近耳顺之年。可每当我一个人闲暇下来或独自静处时，二老的声音和很少有笑脸的相貌就会在我的脑海里浮现。

追忆那不堪回首的逝去岁月，我就情不自禁潸然泪下，不能自已……

20世纪70年代中叶适值“文革”年代，父母病魔缠身，双双相隔一年，年仅66岁离我们而去。

父母病亡时，我还是一名青工，没有成家，每月工资30多元。我们兄妹四人，两个哥哥和一个妹妹都已成家，全在外地工作。经过我们兄妹商定，父母的遗体先后火化。骨灰存放在火葬场。火葬场规定，一次存放只许三年，三年后要办续存手续。可三年后，我去火葬场办续存手续时，他们说火葬场骨灰已放满没法续存，只能深埋。怎么办呢？我的老家又不在此地，一气之下，我只好把二老的骨灰抱回家，供奉在老屋中的条几上。我每天守望着二老的骨灰，心里直发毛。

父母一生，清贫辛劳，为子女操碎了心，受尽了苦，为生计摧垮了身子，耗尽了生命。可我这个不肖儿子，什么时候能让二位老人家魂归故里，入土为安？于是，一年后，我只好托人找关系，付了钱，办了手续，让火葬场把二老的骨灰深埋了。据说是集体深埋的。此时是公元1978年。

可自打那以后，我每每到火葬场，参加一些老同事或同学、朋友老人的遗体告别仪式，望着火葬场那堆积如山的骨灰盒和火葬场烟囱冒出的一缕缕青烟，我就思量，我就寻觅，我父母的骨灰到底在哪里？二老到底魂归何处？我们做儿女的到哪里去尽孝、寄托我们的哀思？就这样，我每去一次火葬场，回来都会默默无语，伤感、自责、愧疚和悔恨好多天。

30多年来，这件事一直折磨着我内心不得安宁。

时光到了21世纪的2005年清明节。我又一次去了火葬场，回来后我有一种按捺不住的冲动，便和家人及二哥商量，一定要给二老买一块墓地，立碑安灵，做永久性缅怀。我们兄弟俩一拍即合，就把这想法告诉了远在外地的大哥和小妹。他们都一致同意了。

父母去世都已三十一二年了，墓碑下都埋些什么呢？

父爱是天，母爱是地。

父母去世时，我的两个哥哥和小妹都不在身边，一年间，爸没了，妈没了，我和二嫂先后送走了两位老人。我立马感觉天塌地陷，孤寂无助，精神崩溃。傍晚，当我一个人回到父母租居的空空如也的破败老屋，凝望着二老的遗像，一想到从今以后我将是失去父爱母爱的人了，我的心里痛苦、悲伤和恐怖到了极点，关上门号啕大哭一场……

在我母亲病重、病危和病故最困难的日子里，母亲的未过门儿媳、我现在的妻子，给卧床不起的家母端屎端尿，伺候未来的婆婆，好让我上班不扣工资，帮我料理后事，给我送来了爱，一直伴我度过了人生那段最严酷、最煎熬、最苦难的年代。

父母用微薄的工资和全部的爱，含辛茹苦，把我们兄妹四人拉扯、养育成人，晚年赶上了非人道的、畸形的“文革”年代，生活拮据，贫病交迫。二老临终时，没有给儿女留下分文家产和一块瓦砾。

我在整理父亲遗物时，发现了一个我从未见过的纸包。我轻轻打开，除了看到父亲写的自传和一些履历外，有两件东西让我震颤和落泪。

一件是父亲20世纪50年代初，出远门前给大哥写的临别训言。父亲用毛笔工整书写的八条嘱咐：

要敬老尊贤，听从母亲教训，对人要谦恭和气，遇工作多替别人帮忙；

凡事要多学多问，要向有本领、有经验的人学习，要与事多劳，与财吃亏；

做人要与人为善，对友心诚，对己量大；

要学会忍让，兄宽弟忍，难得者兄弟，易得者财产。

等等。

适值中国“文革”的混乱年代1973年，我能读到父亲这样的“遗训”真感到庆幸。父亲临终前并没有遗嘱，可我一直把他这50多年前的“训言”，当作父亲的遗嘱和老人家留下的精神财富，在我心底里永远珍藏。

另一件是父亲1967年写的斗私批修“忏悔书”。父亲在忏悔书中写道：“1960年国家困难时期，由于家中三个孩子（老大已工作不在身边）小，不懂事，肚子饿得哇哇叫。他们又都是长身体的时候，我干着急实在没办法，就和店里另一同事商量，偷偷把店里两个废旧箱子卖了，买了一麻袋萝卜，我们两人分了拿回家给孩子充饥。”父亲还写道：“这是我犯下的错误，孩子小不懂事，应该教育，我不该拿公家的东西换萝卜吃。这件事我虽从不敢给孩子们和任何人讲，但我心里一直不安，总觉得我做了错事，趁‘文化大革命’‘斗私批修’，我检讨，我认错，我忏悔。我要好好改造，好好学习，以后绝不再犯。”父亲“忏悔书”中说的“卖箱换萝卜”之事，我们做儿女的确实从来没有听说过，也没听母亲讲过。三年困难时期，父亲为了不让他的儿女饿肚子或少饿肚子，自己不但挨饿，还想尽办法，忍辱负罪，背上了沉重的“十字架”，心灵和精神承受着长久的折磨和不安。回想到那我国三年大饥荒的可怕年代，读着父亲的“忏悔书”，我的心里阵阵发痛，滚烫的泪水在脸颊上肆意横流……

父亲是平淡无奇的小百姓，他一生无党无派，无教无道，不吃斋念佛，不作揖算卦，不抽烟喝酒，只嗜好点京戏，品点香茗。文化程度也只是个完小。可在我的心里，父亲是个“严师”，他老人家不知从哪儿知道那么多知识，什么天文地理，人文历史，人情世故，他无所不知。他还写一手遒劲凝重的毛笔字，打一手漂亮的算盘。街巷有什么事，总是叫他算账和写字，他都是义务服务。记得我妹在小学和中学是中队长、团支部书记，班上的什么账目都是小妹拿回家让爸爸算的。

“文化大革命”中看到身边那么多人被打成“国民党残渣余孽”“反动会道门分子”“披着宗教外衣的特务”“牛鬼蛇神”等。我曾经问过父亲：

“您是旧社会过来的，怎么什么党、什么道、什么教，您都不参加也不信呢?”

“我假若参加了，不是现在也被揪出来了吗?”父亲笑着说。

“什么党什么派什么教什么道也不参加，什么负担也没有，无党无派无教无为，一身轻多好！参加次数多了，信的多了，枷锁就多了。人生苦短，还是自讨的负担、枷锁越少越好。”

父亲的这句话，我一直记着。我游览过许多寺庙观庵的大雄宝殿，看到那些穿着时髦的善男信女作揖算卦，叩头拜佛，我只能敬而观之。我听信父亲的话，甭给自己增添负担。

虽然过去的日子过得很清苦，但父亲在儿女们面前总显得豁达心宽的样子。他常常告诫我们：“只要你们堂堂正正做人，老老实实做事，普普通通生活，勤勤恳恳工作，认认真真读书，我就放心了。”

可母亲的脸上总是挂满了愁容。母亲晚年身患癌症，遍体鳞伤，病痛折磨，卧床不起。公元 1974 年 12 月，一个阴冷的寒冬之夜，屋外风雪交加，屋内寒气逼人，母亲在我的一遍遍呼喊声中，撒手西行了。

就在母亲去世前的那个寒夜，她老人家一再给我念叨，在她睡觉的枕头下有一个卷着的手绢，让我拿去，还再三叮咛我她欠张三李四的几百元债，一定要还给人家。

遵照母亲的嘱咐，我打开了母亲枕头下卷着的手绢，原来卷的是一张还带着热气的 10 元人民币。拿着母亲留下的手绢和 10 元人民币，想着母亲的临终叮嘱，我的泪在流淌，心在流血……

母亲没有什么文化，是地道的家庭妇女。但她一生刚柔倔强，勤劳节俭，行善助人，邻里交赞。邻里谁家吵架了，请她劝和；谁家孩子没饭吃、没人看了，她去送饭、照看；谁家需要缝补拆洗，她主动帮忙……为了儿女们，为了这个家，再苦再难再累，母亲都用她纤弱的身躯支撑着。在我的记忆里，母亲总是有做不完的饭，洗不完的衣服，干不完的活儿，帮不完的忙。她老人家劳顿的日子比消停的时候多，受的罪比享的福多，吃的药比吃的饭多。夜阑人静，我们儿女们都已进入了梦乡，可每当我一觉醒来，总发现母亲带着老花镜，挑着煤油灯，在缝缝补补什么。困难时期的饥饿，“文革”中我和小妹下乡插队，二老相依为命，无人照料，以及生活的拮据，并没有压倒母亲，而父亲的去世，却使母亲精神完全崩溃，大病不起，生命消耗殆尽。

1973 年和 1974 年，父母去世时双双年仅 66 岁。是那个年代过早地让父母离开了我们。

2005 年清明节后一个春和景明的日子。

我和家人及二哥全家，怀着深深的轸念之情，在西安三兆公墓，为二老举行了一个热烈隆重的灵位安葬祭礼。我把珍藏已久的父亲遗物那个纸包里写的东西，给我们兄妹四人每人复印了一份，将原件和母亲留下的遗物——那个手绢一并用大红布包起来。又请三兆公墓一位老先生撰写了先父慈母灵位牌。我们恭恭敬敬地将父母的遗物大红布包和写好的灵位牌，深埋在先父慈母之墓的墓碑下。我把拟好的16个大字，镌刻在墓碑前地面的大理石板上：

含辛茹苦清贫一生

恩德无量荫庇子孙

以表达我们子孙后代对二老的永久缅怀、哀思和祭奠。那一天，我和二哥两家三代人代表兄妹四家四代人，穿着素装，捧着祭品，在肃穆、思念的氛围中，给先父慈母之墓撒了鲜花，放了鞭炮，烧了纸、香。二哥还不停地在二老的墓碑前念叨：

“今天我们在这里给二老立下永久性墓碑，让二老的子孙后代永远怀念。愿苍天大地为二老在天之灵保佑长存。”

子孙们都一一向二老的墓碑三鞠躬。

我也在父母的墓碑前念叨：

“爸爸妈妈在九泉之下安息吧！从今以后，我们也可以和别人一样，每年清明节、农历十一，带着家人恭恭敬敬地给二老扫墓，寄托我们的哀思。”

说着我也不知道鞠了几个躬。

儿子说：“大家都是三鞠躬，你怎么鞠了六个躬?”是啊，我也不知道鞠几个躬，才能表达此时此地我对父母的感恩和愧疚之情。我把安葬祭礼的全过程，用数码相机全拍录下来，制作成 DV 短片，片名是《永恒的怀念——先父慈母灵位安葬记》。

当我把这个短片，给我们兄妹四个每人刻制完了一盘后，我的心灵终于平复、安宁下来。尽管这是迟到的墓碑，但它寄托着我们儿女 30 多年的心愿、情丝和愧疚啊！我感觉我完成了一件伟大的事情，心灵得到了极大的欣慰和满足。

啊，来之不易的迟到的欣慰。

2005 年 10 月 10 日

陕南有一个地方叫黎坪

在陕西有一个距离西安市近300公里、汉中市区65公里、南郑县城60公里，集林景、山景、石景、水景、花景、草景、气候景观和田园景观融为一体的美丽地方——黎坪国家森林公园。

2013年的金秋季节，我应邀和陕西作家一行十多人，再次踏上黎坪这块美丽的地方采风。

黎坪，属巴山山脉北麓，穿越巴山通蜀的两条古道之间，东有米仓道，西有金牛道。两条古道犹如两条蛟龙，而黎坪，则是这两条古道中间冒出的奇景。

一踏入眼前这条流淌清澈的西流河，漫步其间，就顿感奇谲和异样。中国的地势总体是西高东低，都知道“一江春水向东流”，而西流河，偏偏在这里是由东向西流。领略了西流河的奇妙、幽静和神秘，那只是游览黎坪景区的开始和初步印象。像黎坪这样有山有水有花有草、有石有林的自然景观，全国不知有多少？而黎坪吸引游客和我的魅力到底是什么呢？

其实，黎坪没有华山耸拔峻峭之势、九寨柔润黛兰之水，也无金丝窄长险秀之峡、黄山雄奇隽幻之境。但是，黎坪，它的美，它的奇，它的妙，它的特，不在于什么华山峻峭之势、九寨黛兰之水、金丝险秀之峡和黄山隽幻之境，而在于它有全国其他风景名胜所不具备的、独有的种种特质。

黎坪，这里的人们把它划为黎坪、黄杨河、石马山和冷坝四大景区。黎坪景区以巴山松原始森林、黎坪垦区、巴山民俗风情和田园风光等为主要景观；黄杨河景区以西流河大峡谷的菩提崖、中华龙山、海底石城、红尘峡等为主要景观；石马山景区以奇异的石林群等为主要景观；冷坝景区以天然草甸等为主要景观。春夏，黎坪山花绚烂，绿荫葱葱，凉爽宜人，是人们的休闲和避暑胜地；秋冬，黎坪霜叶红艳，层林尽染，银装素裹，是人们的养心和观赏佳境。

但是我认为它的奇景之一，是一次 2008 年汶川大地震，地动摇撼，鬼斧神工，一堆形似群龙状的山石突兀呈露在世人面前，即中华龙山。堪称绝版，全国第一。可谓千古奇绝，当惊世界殊。不管黎坪景区题名它“中华龙山”是否准确，但是我看到的黎坪龙山，确实规模宏大，形态各异，实属罕见。红褐色的龙鳞无处不在，龙爪、龙脊、龙骨、龙尾、龙首、龙躯和龙穴、龙洞、龙椅清晰可见。龙山中有大大小小的山洞，洞中套洞，此明彼暗，通幽曲折。我渐行渐叹，蓦然通幽处露出一豁口，若似天窗，射进一股亮光，我从洞内往洞外观看，像看到了龙洞佛光。佛光中宛然大慈大悲的观世音显形，可谓奇景。同游的诗人朱文杰，手疾眼明，用相机抓拍下这一神奇瞬间，起名曰：“仙冬佛光：影若观音显灵。”引得一行文人墨客们一片惊呼称叹！

我看到红褐色的龙山，绵延伸展，龙鳞瑰丽奇异，龙身飘逸奔腾，仿佛是群龙飞舞，群龙聚会，群龙欢跃，让人不禁联想起华夏图腾。这独有神秘莫测的奇观，如此集中，如此形似，如此震撼，不能不让人叹为观止，叫绝惊呼！

尽管这个世界上并没有什么龙凤之类的动物。但是，每个民族都有自己的象征图腾和文化标志。龙只不过是中华先民们对自然界中的天象和多种动物，经过多元融合而创造的一种神物。经过数千年甚至更长时间的演进升华，龙已成为华夏民族的广义图腾、文化标志、精神象征和情感纽带。黎坪的中华龙山其独有的资源优势、丰富内涵和神奇意象等特质，为今天作为龙的传人的海内外华夏儿女、炎黄子孙，提供了一个新的研究和弘扬龙文化的重要基地，有可能将成为全世界龙的传人膜拜向往的地方。

我在黎坪触目所见，是充满魅力的地质奇观。天书崖层层叠叠的页岩，宛如遗落在人间的天书，每一页都记录着沧桑的地质变化。“海底石城”我认为可谓它的奇景之二。

海底石城满山都是红色的石头，从远处看，就像一座一座的古城堡，人们也就将这儿取名为“石城”；近看，突兀的石柱，有的直如笋，状似塔，有的像帅印，有的像神话中的定海神针。奇美的石林石壁，令人眼花缭乱，让人惊叹大自然的魔力和奇妙。据考证，在两亿年前，这儿曾是一片汪洋大海，后来通过地质运动，板块的漂移，就渐渐地变成了今天我们所看到的这个样子。所以人们把这儿又叫“海底石城”。最珍贵的是现在你仔细看，还可以清楚地看到岩体上的海贝壳化石印记。

我认为它的奇景之三，还是我们看到的黎坪景区的水往高处流景观。不管是水往东流还是往西流，但毕竟是水往低处流的。黎坪之西流河，流入嘉陵江后，辗转流入长江，再大江东去流入了海洋，最终还是向低处流的。而偏偏，在我们看到的

西流河红尘峡一段流水中，出现了西流河在这里不但向西流，而且竟是水往高处流的奇景。这一奇谲的景象，是同行的作家莫伸慧眼第一个发现的。一向沉稳不好激动的莫伸，惊呼让同行的作家们争相观看。不管这是人们视觉上的错觉还是幻觉，我俯身再三仔细观看，肉眼看到的确实是水在向高处流。“真是百闻不如一见，耳听为虚，眼见为实啊！”莫伸建议要在此处立一块牌子，上书“水往高处流”景点，以吸引游客。诗人朱文杰建议在岸边再修一亭阁，书上一副楹联：“水流高处高流水，人中仙客仙中人。”

黎坪景区还有一个特点，它是由陕西煤业化工集团有限公司和南郑县政府共同组建的汉中黎坪景区开发公司经营管理的。陕西煤业化工集团公司是陕西省省属特大型能源化工企业，是陕西的利税大户。陕煤化集团，思想解放，大胆改革，参与绿色行业，经营管理黎坪景区，用行动一下改变了人们和社会对煤炭行业只会生产“黑大粗”污染空气的不好形象的认识。也为在陕西的其他大型国有和民营企业，创新思路、深化改革、多种经营，如何建设“生态美”陕西，谋出了一条路子。

当然，黎坪景区还在发展开发中，它的美丽和奇谲绝不仅是我以为的这几点。眼下已对外开放的什么剑峡、鹿跳峡、玉女峰、枫林瀑布、原始森林、翡翠池瀑布以及景区的民俗民风和田园风光等，都令人神往，适合不同层次的人游览、考察。

但是，现在的黎坪景区不论是硬件和软件，还都需要进一步提升、改进和完善。从西安到景区，大约需要六七个小时。通过来黎坪的路上发现，从南郑到黎坪景区要翻越三座大山，弯弯绕就有 300 多个，弯忒多了，路太长了，把人摇散架了。连我这个“老交通”都有些头晕目眩了，别说其他游客了。黎坪景区目前的现状可谓白居易《长恨歌》诗句中的“养在深闺人未识”的感觉。在旅游业“吃、住、行、游、购、娱”六大要素中，“行”是人们实现活动的基础，所以黎坪的道路基础设施建设必须走在前面。景区可结合陕西省交通运输厅提出的科学办交通、合力办交通、勤俭办交通的理念，改变思路，“拐弯先行，破解难题”，在同步做好景区内部硬件建设的基础上，积极主动同各方联系，将汉中至黎坪的道路交通列入全省公路交通规划项目，通过政府和企业、地方和专业部门，共同出资，争取早日解决汉中到黎坪的道路建设问题，为黎坪景区的开发和发展打下坚实的基础。

2013 年 10 月 25 日

中国梦与读书

我从小学课本里获悉，周恩来当年上学时提出“为中华之崛起而读书”。但现在有人说我又不是周总理，做不到那样，因此不以为然，并对于这个事的真实性存有怀疑。我今天不想对这种虚无主义的态度评论什么。

2012年11月29日，中共中央总书记习近平带领新一届中央领导，集体参观中国国家博物馆“复兴之路”展览，首次提出了实现中华民族伟大复兴的“中国梦”概念，并提出中国梦的本质内涵，就是要实现“国家富强、民族振兴、人民幸福”。中国梦的实现途径，就是要坚持中国道路，弘扬中国精神，凝聚中国力量。中国梦归根到底是人民的梦。作为一个普通中国公民，谁不希望国家富强、民族振兴、人民幸福?

滴水映日，中国梦当然承载着每一个中国人的希冀和理想，中国梦的实现必须体现中华文明在复兴中进一步演进的文明程度。中华文明是世界上唯一几千年来不断延续、传承至今的文明，但也必须要体现现代文明色彩，吸纳全人类创造的各种精神食粮即先进科技文化知识，必须超越数千年来创造的农耕文明形态。中国梦圆需要13亿中国人的智慧和力量。人的智慧和力量从哪里来?读书是人们汲取知识、获得智慧的重要方法，是一个国家、一个民族传承和发展的基本途径。一个文盲充斥的国家、一个不喜欢读书的民族，是没有希望的国家，是没有力量的民族。从一定意义上说，读书就是力量。一个人读书的力量，决定一个人学习的力量、思考的力量、实践的力量。所有人读书的力量，决定国家文化的力量、精神的力量、创造的力量。

在全球竞争日益激烈、国际环境越来越复杂、各种思潮价值观念碰撞、科技文化发展日新月异的当今世界，国家强大富庶，人民聪慧团结，社会和谐稳定才有可能应对各种风险和变幻。我们要圆的中国梦，需要用读书打牢国家文化根基，用读书造就民族心灵支撑，用读书提升人民精神气质、素质和力量。

中国梦的实现需要有素养、有智慧、有远见、有创新精神的每个中国人共同去奋斗。如何全面提高整个民族的素质和智慧，这就需要广泛开展全民读书活动。全民读书水平是衡量一个地区、一个国家社会文明程度的重要标志，全民读书是一个国家一个民族持续发展的重要基础和动力。

据联合国教科文组织的调查统计，2005 年，日本每天读书 1 个小时的占 14%，读书半个小时的占 19%，读书 20 分钟的占 10%，读书 10 分钟的占 9%，不读书的占 27%。平均日本每人每年读 47 本书。

2004 年，24% 的法国人读了 12 本书，55% 以上的人读书 1～12 本。平均每人读书 11 本。

以色列把读书放在首位，以色列每人每年读 64 本书，以色列人均拥有图书馆和出版社的数量居世界之首。

冰岛以阅读消磨时光，2004 年 12 月，只有 24 万人口的冰岛就销售了 40 万册图书，平均每个人在一个月里买了近 2 本书，创世界最高纪录。

俄罗斯平均每人每年读书为 55 本，排以色列之后，居世界第二。

美国现在正在开展平均每年每人读书 50 本的计划。

而中国，根据“第四次（2006）全国国民阅读调查”的数据显示：中国每人每年读4.8本书（据说，这个数据还是过高的）。2005年我国广义的国民图书阅读率为42.2%，狭义的识字者阅读率为48.7%。六年来，我国国民阅读率持续走低。国民阅读率调查数据：1999年60.4%，2001年54.2%，2003年51.7%，2005年48.7%。2005年比1999年下降了12.7%。日本平均4万人拥有一座图书馆，韩国平均10万人拥有一座图书馆，中国平均46万人拥有一座图书馆。

问题的严重性、紧迫性和关键性是实现“中国梦”需要读书，而中国人读书的数量、氛围和自觉性还远远落后于发达国家，甚至于还在一些发展中国家之后。实现“中国梦”需要在全社会形成全民读书的浓厚氛围，实现“中国梦”需要广泛、真正地开展全民的读书活动。

当年中华民族饱受屈辱的历史，促使周恩来等先进知识分子自觉把读书与中华民族存亡兴衰联系起来，发出了“为中华之崛起而读书”的呐喊。今天为了实现中国梦，一些社会组织又倡导为中华民族的伟大复兴而读书，这就是很自然的事了。从小的方面讲，我们要倡导读以养心，读以益智，读以添雅；从大的方面讲，也要倡导读以资政，读以报国，读以经世，并以此来增强读书动力。

读书，是一个人自觉自愿进行自我心灵拯救的活动。读书是一种教养，可以养成人的一些好的生活方式和习惯，人一旦习惯成自然，那力量是不可战胜的。读书可以提升人的书卷气，或者说书香气。读书，可以改变人的气质。女人会更优雅、聪颖和达理；男人会更自信、从容和大度。尤其在当今物欲横流、人心浮躁、节奏加快的时代，读书能使人心静气和，平添一份闲情逸致，不至于使心灵蒙尘，找不到自己生存的坐标，而丢失了自己。

鲁迅先生把读书分为两种：“一是职业的读书，一是嗜好的读书。所谓职业的读书者，譬如学生因为升学，教员因为要讲功课，不翻翻书，就有些危险的就是。”鲁迅说：“讲嗜好的读书罢，那是出于自愿，全不勉强，离开了利害关系的。——我想，嗜好读书，该如爱打牌的一样，天天打，夜夜打，连续地去打，有时被公安局捉去了，放出来之后还是打。”鲁迅还认为，读书并不是都成什么家，他在文章中还说：“幸而有各式各样的人，假如世界上全是文学家，到处所讲的不是‘文学的分类’便是‘诗之构造’，那倒反而无聊得很了。”

我认为，我们今天应该大力提倡鲁迅先生所说的嗜好读书，即自觉读书、自愿读书、自动读书、自由读书、主动读书、快乐读书。我的梦，就是现在要排除干扰，抓紧自己的读书时间段，逐渐让读书成为我的一种生活方式和习惯。不断丰富自己、充实自己、提高自己，把自己教化成有教养、有素养、有涵养的公民，为中国梦的早日实现尽一个公民的绵薄之力。

2014 年 7 月 3 日

漫谈读书与写作

（2015 年第 20 个“世界读书日”前后，给陕西交通运输厅下属几个单位的讲稿）

各位同事、各位领导：

今年 3 月 5 日，李克强总理代表国务院向十二届全国人大二次会议做的政府工作报告中首次提到倡导全民阅读。今天，在第 20 个世界读书日即将到来的时候，我很高兴和大家聊聊读书与写作的事情，但还真有些诚惶诚恐。据我所知，大家学历都不低，大都是大学本科。我其实是个万金油，书读得不多，读得更不好；文章写得也不多，写得更谈不上好。不过通过这个形式和大家座谈、交流，谈谈我的读书与写作体会，对我也是一个提高和学习，逼得我得回忆一些事情，查找一些资料，总结一些我的做法，来完成今天这个讲座任务。好在咱们都是自家的交通人，我就胆大妄言了。

在座的大都是年轻人，许多我都不认识，我就先自报家门吧！本人一个老婆一个娃一个儿媳妇一个小孙女。我其实是个业余作者，半吊子文人，“老三届”知青。少年长身体年代，卖过大碗茶、饿过肚子；青年长知识年代，历经“文革”内乱、插队务农、进工厂做工；最需父爱母爱的成长年代，父母先后双亡。做过6年编史修志、2年政策研究、22年报纸编审和近8年交通作协等文字工作。出版过3本个人小书，主编、参与编著出版了30余部交通史志、文学作品集和新闻作品集等。

读书是人一生要做的事情，但每个人都有自己主要的读书时间段。我回忆我自己，主要一个是“文革”期间，一个是我上电大学习时期。五年前我曾写过 篇短文《狂读·夜读》记述了我“文革”期间的一些读书情况：

狂读·夜读

年少轻狂、气盛时代的我，曾有狂读和夜读的习惯。

如今的我已霜染鬓发，双眼昏花，早已不会傻里吧唧地去狂读和夜读了。但至今，我还有夜晚写作晚睡的习惯。

最早我在读恩格斯1869年11月29日致马克思一封信中的“上星期，我狂读老约翰·戴维兹爵士的论文……”发现了“狂读”一词，一下就亢奋起来。

狂读就是逮住一堆书，很亢奋、很热烈，如获至宝。它不是平常所说的“用心”，也不是无所事事的“闭门读遍家藏书”，更不是躲在温柔之乡的“红袖添香夜读书”，而是处于一种如醉如痴、如饥似渴的境界和状态。狂读，就是不管三七二十一，抱着开卷有益、“书中自有黄金屋，书中自有颜如玉”的自信，废寝忘食，一目多行，囫囵吞枣，不求甚解，博览群书，读完为止。

当然狂读不可能一下理解、消化书中的“黄金屋”“颜如玉”，并变成自己的东西。要获取学问，消化知识，就要靠夜读了。

三更灯火五更鸡，
正是男儿读书时。
黑发不知勤学早，
白首方悔读书迟。

唐代大书法家颜真卿的劝学诗，就诠释了夜读的绝妙和重要。

夜阑人静，没有干扰，适宜人们细嚼慢咽，静心读书，品味再三。也适宜人们独自思考，潜心写作，研究学问。

十年“文革”时期，我作为一名普通高中生，目睹和经历了校园里和社会上焚书、毁书的黑暗一幕。当一群比我更年少轻狂的“红卫兵”把学校图书室的“封、资、修”书籍将要焚烧时，我和我的几个高中同学，裹着棉大衣悄悄地把图书室的“封、资、修”和“黄色”书籍，一本本地偷回家。

“文革”后期逍遥派的我，逮住这些书籍，就靠着整天整夜地狂读加夜读和每日的几套太极拳打发着混沌的蹉跎岁月。

在这一堆堆被封为“封、资、修”“黄色”和什么红色或灰色书籍里，当年的我狂读而喜欢上了一大批书籍：

外国的有列夫·托尔斯泰（大托尔斯泰）的《战争与和平》《安娜·卡列尼娜》和《复活》，阿·托尔斯泰（小托尔斯泰）的《彼得大帝》《苦难的历程》，屠格涅夫的《鲁定》，肖洛霍夫的《静静的顿河》，尼·奥斯特洛夫斯基的《钢铁是怎样炼成的》，歌德的《少年维特之烦恼》，司汤达的《红与黑》，高尔基的三部曲《童年》《在人间》《我的大学》，伏尼契的《牛虻》，威廉·夏伊勒的《第三帝国兴亡》，约翰·里

德的《震撼世界的十天》，泰戈尔的《沉船》等，让我眼花缭乱，茅塞大开，心醉神往。

中国古代罗贯中的《三国演义》，施耐庵、罗贯中的《水浒传》，吴承恩的《西游记》，兰陵笑笑生的《金瓶梅》，曹雪芹的《红楼梦》，吴敬梓的《儒林外史》，吴楚材、吴调侯编选的《古文观止》，孙洙编选的《唐诗三百首》等，使我深感博大精深、绚丽多姿的中国古典文学，无不出神入化，各臻其妙，不胜唏嘘，一读就难以自拔。

中国现当代鲁迅的《阿Q正传》、茅盾的《子夜》、巴金的《家》、丁玲的《莎菲女士的日记》、瞿秋白的《多余的话》、杨沫的《青春之歌》、欧阳山的《苦斗》《三家巷》、曲波的《林海雪原》、高云览的《小城春秋》和《徐志摩的诗》等，令人振聋发聩，思索悠远，心慕手追。

还有艾思奇主编的《辩证唯物主义历史唯物主义》、范文澜的《中国通史》、朱光潜的《文艺心理学》等哲学、历史、美学书籍和一些名人传记。像王士菁的《鲁迅传》、李锐的《毛泽东同志的初期革命活动》、克鲁普斯卡娅的《列宁回忆录》、贝托特·布莱希特的《伽利略传》、爱新觉罗·溥仪的《我的前半生》、严庆澍的《金陵春梦》等，告诫我人类浩如烟海的书籍和知识是读之不尽、学无止境的，历史名人既是复杂多面的，又是血肉鲜活的。

当然我也自觉地认真地通读了《毛泽东选集》四卷。后来又通读了《毛泽东选集》第五卷。我就像郭沫若先生所说，我读的是雄文四卷，自认为我读后头脑清醒。

我记得最清的是当年在我的不大的书桌上，曾经放着同时翻读着两本书：一边是《红楼梦》，一边是《辩证唯物主义历史唯物主义》。我一会狂读几页《红楼梦》，一会狂读几页《辩证唯物主义历史唯物主义》，这两本书我真的不知读了多少遍，竟然还不停地在本子上抄抄写写，记着笔记。

“文革”时期，我曾经狂读过的这些古今中外书籍，我真是囫囵吞枣，不求甚解，也不可能甚解读懂。有些书籍，像高尔基的三部曲、列夫·托尔斯泰的《复活》、司汤达的《红与黑》、屠格涅夫的《鲁定》、曹雪芹的《红楼梦》以及鲁迅、茅盾和巴金等人的书籍，甭指望读几遍就能读懂的，除了细嚼慢咽、静心品读外，读这些书籍我是用人生的阅历和知识的积累，慢慢铺垫、咀嚼，方体会其中的味道。

读《复活》，我从小说主人公、农奴女儿玛斯洛娃与政治犯西蒙松的关系，第一次知道了什么是所谓的“柏拉图式的爱情”。

读《红与黑》，我看到了社会底层、木匠的儿子于连，用伪善的面孔反抗社会的悲惨结局。

读《少年维特之烦恼》，我为市民青年维特在毫无希望的爱情旋涡之中，以自杀方式反抗封建贵族偏见而震撼和惋惜。

读《钢铁是怎样炼成的》，我永远记住了作品主人公保尔·柯察金的名言："人最宝贵的是生命，它给予我们的只有一次。人的一生应当这样度过：当他回首往事时不因虚度年华而悔恨，也不因碌碌无为而羞愧。"

读《鲁定》，给我留下了一个罗亭——"语言上的巨人，行动上的侏儒"光彩照人的"多余人"的形象。

读《伽利略传》，我理解了科学家也是人，我看到伟大的意大利文艺复兴时期的大科学家——伽利略"英雄的懦夫"柔弱的另一面形象。

读《金瓶梅》，这部被评家定为"第一奇书"的中国古典小说，它不仅描绘了主人公西门庆与潘金莲、李瓶儿和庞春梅三位女人的淫乱关系，而且也是一部泄愤封建社会的世情书。

读《红楼梦》，我不仅了解了贾宝玉和林黛玉的爱情悲剧故事，而且逐渐了解了：

贾不假，白玉为堂金作马。（贾家）

阿房宫，三百里，住不下金陵一个史。（史家）

东海缺少白玉床，龙王来请金陵王。（王家）

丰年好大雪，珍珠如土金如铁（薛家）。

封建社会贾、史、王、薛四大家族的豪富、显赫、奢靡、挥霍及荣辱衰败的历史图景。

…………

狂读可以快速地浏览书籍、捕捉资讯，夜读可以逐渐地获取知识、占有资讯，并变为自己的东西。

我不信、不喜欢当代人颂扬、吹捧帝王的书籍。我不信、不阅读什么人生指南、公关方略、处世哲学、成功秘诀、写作技巧、理财之道、厚黑大全、占卜算卦之类的书籍。我不信、不屑于一些部门和领导推荐、指定的书单。我主张博览群书无禁区。我喜欢自由地阅读。我相信书本是知识的海洋，书籍是人类进步的阶梯，知识是通往世界的窗口。

十年“文革”，一场浩劫，但我乱里偷闲，以书为伴，狂读夜读，终生受益……

上电大三年的大专学习和后来的专升本学习期间，为了应付考试，完成学业，也自觉不自觉地读了一些中外名著。

其实只要你当过学生，我们每个人都是读书人。按照鲁迅先生在《读书杂谈》里的说法，读书有两种：“一是职业的读书，一是嗜好的读书。所谓职业的读书者，譬如学生因为升学，教员因为要讲功课，不翻翻书，就有些危险的就是。”鲁迅说：“讲嗜好的读书罢，那是出于自愿，全不勉强，离开了利害关系的。——我想，嗜好的读书，该如爱打牌的一样，天天打，夜夜打，连续地去打，有时被公安局捉去了，放出来之后还是打。”鲁迅还认为，读书并不是都成什么家，他在文章中还说：“幸而有各式各样的人，假如世界上全是文学家，到处所讲的不是‘文学的分类’便是‘诗之构造’，那倒反而无聊得很了。”

我这里今天要说的是后一种读书即嗜好读书，就是自觉读书、自愿读书、自动读书、自由读书、主动读书、快乐读书。我们今天在座的恐怕都已离开了学生时代，就都属于嗜好读书即自愿读书。

一、说说人为啥要读书

人究竟为什么要读书？读书对人到底有什么作用？

这个问题仁者见仁，智者见智。比如古人就说：读书可以养气。孟子提出了“知言养气”。庄子说：“人之生，气之聚也；聚则为生，散则为死。”“人活一口气。”“三寸气在千般用，一旦无常万事休。”曹丕说：“文以气为主。”韩愈也说：

“气盛宜言。”等等。都是在强调“气”在人体生命活动中的重要作用。明代学者陈益祥说得既具体又形象：“流水之声可以养耳，青禾绿草可以养目，观书绎理可以养心，弹琴学字可以养脑，逍遥杖履可以养足，静坐调息可养筋骸。”明末清初大思想家、号称“中国思想启蒙之父”的黄宗羲认为“养气即是养心”。

我的理解，古人说的读书养气，这里说的“气”是指气质、气度、气量、气节和气魄。古人认为：读书多的人、会读书的人他就有气质、有气度、有气量、有气节、有气魄。而读书少或不读书的人气量就小，很容易就做书的奴隶而渐渐被书所左右，养的就是邪气、戾气、迂腐之气。但读书多的人，正像《礼记·中庸》中所说，且“博学之”的人，就会善于“审问之，慎思之，明辨之，笃行之”的养豪气和灵气，也就是孟子所言的浩然之气。所以在读书时，要吸取精华，剔除糟粕，养人间正气。

当然人为啥要读书，还有好多种说法。

清末进士、大出版家、商务印书馆创始人张元济老先生，有一句简单朴素的话：“天下第一好事，还是读书。”天下第一，可见他对读书重要性的认识。

一代国学大师季羡林先生也说：“读书是天下第一好事。”

"我的唯一嗜好就是读书。人必须读书，才能继承和发扬先人的智慧。人类之所以能进步，靠的就是能读书又写书的本领。"

国学大家南怀瑾说："读书明理。"

英国大思想家、大科学家培根认为读书之用"一为怡神旷心，二为增趣添雅，三为长才益智"。还说"读书在于造就完全的人格"。

著名主持人杨澜说："读书可以增加一个人的底气。也许读过的东西有一天会全部忘掉，但正是这个忘掉的过程，塑造了一个人的知识结构和举止修养。"

著名文化学者余秋雨主张"快乐的读书才最重要"，"费点劲、出点汗的阅读，更能找到快感"。

文化学者于丹（其实我并不喜欢于丹，说话老是咄咄逼人，但我尊重和认可她的观点）说，读书"应该是内心信念的坚守，读书可以让人更自信、更好地面对未来。读书养心，让自己的生命辽阔"。

清代学者萧抡的诗《读书，可以养气》说得更明白、更通俗易懂：

人心如良苗，得养乃滋长，
苗以水泉溉，心以理义养。
一日不读书，心臆无佳想，

一月不读书，耳目失清爽。

这里不管古人说的读书可以养气还是养心，以及古今中外名人墨客们有关读书作用的论说，指的都是，读书可以改变、培养和表现一个人的精神风貌、精神境界、精神世界和人的修养、涵养和教养。人究竟为什么要读书？我们可以从以上种种说法，具体总结归纳这样几点：自由自觉自动地读书可以品味人生，认识世界；开拓视野，完善自我；获取知识，增长智慧；陶冶情操，消遣娱乐。

人一生下来就是白纸一张，百年后变成骨灰一堆。而在这生与死之间，人人要做很多事情，需要在这有限的时间里去了解世界、完善自我、长大成熟。而人的成长过程就是一个社会化的过程，一个个体的人与现有的社会规则结合的过程。人的身上有其自然属性，亦有社会属性，在人的成长过程中，就是逐步用社会属性对自然属性加以规范的过程。

人非生而知之，而要完善自我，人不读书不行。读书可以教化人少一些戾气、俗气、邪气和野气，多一些雅气、灵气、正气和朝气，使人趋于成熟，遇事可以学会控制和思考。不是有句经典的话说得好嘛：要么旅行，要么读书，人的身体和灵魂必须有一个在路上。不管你读书从书中得到了快乐，还是汲取了营养，或者说提升了情趣，丰富了阅历，获得了力量，但

客观的事实是：人的内心有了精神的依托和支撑。从这个意义说，读书，可以使一个人的心灵变得强大，让人的意志变得坚定，让人的目光看得更加深远。

读书，是一个人自觉自愿进行自我心灵拯救的过程。读书是一种教养，可以养成人的一些好的生活方式和习惯，人一旦习惯成自然，那力量是不可战胜的。读书可以提升人的书卷气，或者说书香气。读书，可以改变人的气质。女人会更优雅、聪颖和达理，男人会更自信、从容和大度。尤其在当今物欲横流、人心浮躁、节奏加快的时代，读书能使人心静气和，平添一份闲情逸致，不至于使心灵蒙尘，找不到自己生存的坐标，而丢失了自己。

这就是我要说的人为啥要读书。

二、说说读书与写作

上面我说的是读书对一个个体的人，在社会成长的过程中所起的功用和作用。当然，对一个喜欢写作的人，读书除了以上功用和作用外，读书可以提高作者的写作能力，创作出优秀的文学作品，读书无疑是提高写作能力的重要途径。

“读书破万卷，下笔如有神。”大家都知道这是我国唐代诗圣杜甫的名句，道出了读书与写作关系密切的真谛。也就是说，好文章是在阅读大量书籍，经过实实在在的努力写出来的。写文章就像盖房子，没有足够的建筑材料，怎么能盖好房子呢？俗话说得好："巧妇难为无米之炊。"这"米"又从何而来？这"米"就从"库存"中来，"库存"就从读书日积月累中来。

喜欢写作的人一定要读书，不但要读书，而且读了书还要思考，读书不思考，读书就等于白读。思考的过程就是消化的过程，消化成自己的思索和感悟，这样才能在读书中获取有益的营养和灵感。读书是写作的基础，是写作的前提；写作是读书的延续，是读书的践行。读书好比人在沙漠中行进，写作是沙漠中留下的脚印；读书好比采摘玫瑰花，写作是散发玫瑰花芳香；读书好比耕作、播种、浇水，写作是发芽、开花、结果。

你若想写好文章，就必须多读书，多看看那些名著、名篇，多读读那些文学经典和优秀的文学作品。切记：不要写的比读的多，要读的比写的多。读书多了肚子里储备的东西也就多了，也就不会"书到用时方恨少"，写文章的时候也就行文自如了。

我们都知道，人的一生最重要的有三种需求：生理需求、物质需求和精神需求。生理需求：包括性生活、吃喝拉撒睡等；物质需求：包括金钱、衣食住行的需求及改善提高等；精神需求：包括各种文化生活、理想、荣誉、友谊等。我们今天说的读书学习、读书写作就是人的精神需求的一个方面。尤其在今天，人们的生活大都已基本解决了温饱问题，重视和提高精神文化生活就显得尤为重要。

下面我着重说说散文和报告文学的写作。

我们知道文无定法，但是好的文章，人们还是有共识的，也就是坊间常说的英雄所见略同。我以为好的文章必须要做到：一、题目要亮，二、立意要新，三、情感要真，四、个性要强，五、思想要深，六、语言要美。

当下，似乎人人都能写散文，但是散文不是作文，要把散文写好还真不容易。要想掌握散文的真谛，成为散文家，那更是难上加难，其实，也是社会上不需要的。正如鲁迅所说，读书写作并不是都成什么家，他在文章中说“幸而有各式各样的人，假如世界上全是文学家，到处所讲的不是‘文学的分类’便是‘诗之构造’，那倒反而无聊得很了”。

散文的题材无所不包，它的表现形式也应广泛自由，绚丽多姿。当然这个“散”并非是一堆散沙、松散拖沓的烂文。用朱自清的话说，散文之散，当为潇洒自然的意思。我省著名文化学者肖云儒先生早在54年前的1961年5月12日《人民日报》的一篇短文中提出散文“形散而神不散”主张，在全国影响很大，也引起了争议和讨论。我认为散文写作功夫在外，要摆脱眼前环境、条件的束缚，跳出待在家里，窝在办公室里，坐井观天，喝茶聊侃，厮守着自己的“一亩三分地”小天地。散文，就是写平常生活中那些最熟悉、最有感悟、最值得写的东西。不去矫情，不去刻意，不去营造，更无须“绞尽脑汁”。散文是作者要站在幕前，直抒胸臆，最终要写出感悟，写出境界，写出味道，写出个性，写出真情。

要用作者自己的语言写、自己的脑袋思考问题。好的散文要有思想内涵、知识素养、文化意蕴、美学品位和真情实感，以及优美愉悦人的语言文字。读者读了之后，是否能给人留下一些什么？思考一些什么？玩味一些什么？欣赏一些什么？要坚决摈弃大话、套话、假话和空话的官样文章、说教文章。不去矫情地写无病呻吟、自作多情、空洞无味、搔首弄姿的文章，也不要写盲日地吹捧人或对别人说三道四的文章。

报告文学是现代报纸、杂志和广播等媒体中一种重要的文学形式，也是平面媒体新闻报道的主要体裁之一。

报告文学的主要特性：

1. 报告性。即新闻性，报告文学内容必须是真实的、新鲜

的、重要的，是受众欲知而未知，能激起受众情趣，并起到耳目一新的作用。

2. 完整性。报告文学是一般新闻通讯和消息的延伸、扩展和深入。一般的新闻通讯只记录一件事情发生的片段、梗概或经过。报告文学常常要揭示人物或事件的来龙去脉，详尽细节，前因后果的全过程，有一定的篇幅，因而具有完整性。适合于深度报道、系列报道、连续报道和特色报道等。

3. 形象性。即文学性，所谓文学性即使读者感觉到如临其境，使人感染感动的手段来描写生活，再现生活。一般的新闻通讯概括性强，篇幅虽比消息长，但主要运用逻辑思维。报告文学写作要从大处着眼、小处着手，深入采访，作者要求有较高的综合素质。作者除运用逻辑思维外，可以更多地驰骋于形象思维的王国，充分地调动运用叙述、描写、议论、抒情、对话和心理描写等多种文学手法。内容完整深刻，语言生动活泼，具有可读性、感染力和很强的个性色彩、感性色彩和文学色彩。一般新闻通讯属于新闻的范畴，一般由通讯员或记者采写，报告文学则属于文学的范畴，一般由作家或资深记者采写。

由于我们经常要大量运用新闻通讯报道人物或事件，所以我这里专门说说通讯的分类。

通讯按内容可分四种：

事件通讯　人物通讯　风貌通讯　工作通讯

按表现形式可分：

新闻综述	新闻述评	纪事通讯	访问记
人物专访	特写	大特写	小故事
集纳	速写	采访札记、手记	记者来信
巡礼	侧记	花絮等	

报告文学的写作要求：

1. 做好标题。

报告文学的标题与一般新闻通讯和消息的标题有很大不同。报告文学的标题可动可静，亦实亦虚，通常主标题做虚题，副标题做实题，这和消息的标题正好相反。标题要有寓意、内涵，要有个性色彩和赋予读者联想。

下边以我写的几篇报告文学为例说明：

在希望的田野上播撒希望（主标题：虚题）

——陕西白水县“三农快客”运行发展启示录（副题：实题）

梦圆中国第一隧（主标题：半虚半实）

——获国家科技进步一等奖的秦岭终南山公路隧道建设纪实（副题：实题）

从来只有情难尽（没有副标题）

这是我20年前1995年在《中国公路》杂志上发的一篇写时任陕西省公路局局长袁雪戡的一篇报告文学。

风雨沧桑大路歌（主标题：虚题）

——迈进新世纪的陕西公路人大写真（副题：实题）

这是14年前2001年我和作家商子秦、朱文杰在全省公路道班采访了近一个多月，发表在《延河》文学月刊上的一篇报告文学。

黄土高坡最后的北京知青养路工（没有副题）

这是我12年前2003年发表在《中国公路》杂志上的一篇报告文学。

说到标题这里简单说一下文学作品的标题。

文学作品的标题往往比较含蓄，“含而不露”，寓意悠远，往往留给读者以想象和思考的空间。

譬如：大家鲁迅的名篇《药》《狂人日记》、郭沫若的名诗《女神》、朱自清的名篇《背影》、贾平凹的名作《废都》《怀念狼》、世界文学名著托尔斯泰的《复活》、司汤达的《红与黑》、曹雪芹的《红楼梦》，以及当代的报告文学大家徐迟的报告文学《地质之光》《哥德巴赫猜想》，黄宗英的报告文学《小丫扛大旗》《大雁情》《小木屋》和理由的报告文学《扬眉剑出鞘》《痴情》，何建明的报告文学《落泪是金》《共和国告急》等。读者乍看到这样的标题，一般不易弄清楚作者的创作意图和作品的内容，逼得读者必须要读完全篇，方有可能了解和知晓作品标题所要表达的九曲回肠或弦外之音。甚至你读完了全篇，也不一定能弄清楚作者标题的真正含义。譬如《红楼梦》书名到底什么含义，就争论、讨论了100多年，竟然形成了一门“红学”，这就是文学作品标题的魅力所在。

2. 深入采访。提早充分做准备，搜集资料要翔实，不遗余力去跑腿，打好提纲巧提问，做好笔记录好音。

3. 独特思考。消化资料细分析，提炼主题有见解，视角独特观点新，倾注真情感染人。

4. 精心写作。调动各种写作手段，可充分地运用叙述、描写、议论、抒情、对话和情感、心理描写等多种写作手法。初稿完后可征求各种意见，反复推敲反复修改。所谓“五分跑、三分想、一分写、一分改”，就是这意思。

三、说说读什么书为好

其实书海无涯，开卷有益。浩瀚的书籍，是知识的海

洋。古人云："少不读《水浒》，女不读《红楼》，男不读《西游》，老不读《三国》。"也有说："女不读《西厢》，男不读《红楼》"的。甭听这一套，全是老观念、扯淡！爱读什么书就去选什么书吧。但是，要在浩如烟海的书的世界里，择选图书，还真是有些不易。

2014 年 4 月 23 日是第 19 个世界读书日。联合国教科文组织在 1972 年向全世界发出"走向阅读社会"的召唤，要求社会成员人人读书，图书成为生活的必需品，读书成为每个人日常生活不可或缺的一部分。1995 年，联合国教科文组织正式宣布 4 月 23 日为"世界读书日"。

4 月 23 日是西班牙大文豪塞万提斯的忌日，这里有一个美丽的传说，也是加泰罗尼亚地区大众节日"圣乔治节"。传说中勇士乔治屠龙救公主，并获得了公主回赠的礼物——一本书，象征着知识与力量。每到这一天，加泰罗尼亚的妇女们就给丈夫或男朋友赠送一本书，男人们则会回赠一枝玫瑰花。

有趣巧合的是，4 月 23 日，也是英国大戏剧家莎士比亚出生和逝世的纪念日，又是美国作家纳博科夫、法国作家莫里斯·德鲁昂、冰岛诺贝尔文学奖得主拉克斯内斯等多位文学家的生日，所以这一天成为全球性读书日看来

“名正言顺”。全球各国政府、组织和爱书的人已经把读书日的宣传活动演变成一个热闹的欢乐节日。

但是，在中国，这个世界性的读书日应该说政府和文化宣传部门都很重视，可还未被社会公众所知晓，所重视，更谈不上是节日。据搜狐读书网站2004年调查显示：知道“世界读书日的人仅占6%，27%的人虽听说过但不知详情，67%的人从未听说过这个日子”。据说，可怕的是现今国人读书的人数正在锐减。

在今天这个多媒体时代、自媒体时代，可阅览、可观看的东西太多，空间很大。有一位上海学者说得好：“现代人都受大中小三种屏幕的制约，大的是电视，中的是电脑，小的是手机；倘若谁人不受这三种屏幕制约，那他就不是现代人。”电视、电脑和手机已经和现代人的生活密不可分了，不可想象，倘若生活中没了电视、电脑和手机，我们现代人将如何生活、交流与联络？所以现代人特别是很多年轻人，恐怕把大量时间都耗费在看电视、玩电脑和玩手机上了，哪有工夫去读书。

其实，都是俗人，我也看电视、玩电脑、玩手机，现代人不能拒绝现代文明嘛！都说现在是读图时代。我认为玩电脑、玩手机，看微博、看微信是一种了解，是一种知晓，当然微信、微博来得快、来得广，天南海北，地球宇宙，大政琐闻，雷语轶事，鸡鸣狗盗，无所不有。但它跟读书不一样，也绝不能替代读书的。不是有句经典的话嘛："微信微信，只能微信，不能全信。"我们从微博、微信获得的信息、新闻或知识，不能说是真正意义上的阅读，当然会获得一些广义的信息、新闻或知识。但是通过读书获得的信息和知识可能会更实在、更可靠、更精练、更系统一些。

从联合国教科文组织设立读书日的本意和目的来看，要求社会成员人人读书，图书成为生活的必需品，读书成为每个人日常生活不可或缺的一部分，倡导、主张和培养人们的人文精神、文学修养、尊重知识、社会文明的品行和意识。很明显，"世界读书日"偏重阅读文学文化、社会公德和人文思想等方面的书籍。

这样，读书就有选择了。鲁迅先生主张读书有三性：即目的性、灵活性、广泛性。我喜欢自由自觉地自己选择书籍阅读。按照鲁迅的说法，我们现在都不是在校学生和在校教师，因而都不是职业读书人了。每人都有自己的本职工作，又整日忙忙碌碌，处在上有老、下有小的人生阶段。所以，面对世界上的图书又浩如烟海，我们不得不有所选择、有所目的性。

清代文学家张潮在总结阅读感受时说："少年读书如隙中窥月，中年读书如庭中望月，老年读书如台上玩月。"讲的是少年读书好像是在门缝中看月亮，自己知识少很渺小，月亮大又圆很神奇。到中年以后，就好像在自己家的庭院里面望月亮，知识有了一些积累，充满着自信。到了老年，就好像在台上玩月，知识积累更多了，可与月亮"互动"，觉得月亮就在自己的把握之中，自己的人生阅历与所读书的内容相交融了。这是读书的最高境界，即从容的人生。

从中可以看出读什么样的书、怎么读，和人的阅历有关，随着人的年龄增长，知识积累，阅历丰富，对书的选择和感悟是不一样的。

我其实没资格也不好在这里给大家开出推荐书单。不过我在这里可以开诚布公地道出我的读书观：我不信、不喜欢当代人颂扬、吹捧帝王的书籍。我不信、不阅读什么人生指南、公关方略、处世哲学、成功秘诀、考题解答、求职之道、写作技巧、理财之道、厚黑大全和看相占卜算卦等之类的书籍。我认为人的精力有限，完全没必要浪费时间去阅读这些书籍。我不信、不屑于一些部门和领导推荐、指定的书单。我主张博览群书无禁区。我喜欢自由自

觉、无拘无束地阅读。我相信书本是知识的海洋，书籍是人类进步的阶梯，知识是通往世界的窗口。

你们有当领导的，有搞管理的，有收费的，有搞治超的，有做文秘的，都有自己的专职工作，我倒建议每日忙碌一天了，回到宿舍，回到家里，撇开工作，大可阅读一些放松心境、消遣愉悦、修养情操、益智明理、丰富阅历、提升境界和增趣添雅的图书。一些有一定的思想内涵、文化意蕴、知识素养和美学品位，文字又比较优美的文化书籍、文学作品、哲学著作，你们不妨闲暇之余看一看，翻一翻。也不都是为了提高写作能力而阅读。

譬如：

读读余秋雨（尽管此人有争议，但他的文笔洒脱、知识渊博不得不承认）的系列文化散文集《山河之书》《何谓文化》《行者无疆》《中国文脉》和《文化苦旅》等，可以了解什么是中国文明、中国美学和中国文化。

我们常年生活、工作在陕西，生活在西安，要知晓省城古城西安和关中悠久的历史、灿烂的文化、丰富的人文，可读读陕西作家朱鸿散文集《关中是中国的院子》《关中踏梦》和《长安是中国的心》等。他的散文思今与追古并行，意远情深，辞丰言简，从中可以体会到，在现代化的建设进程中，作家对如何保护原有古城城镇文化的思考和忧伤。

读哲学家周国平纪实作品《妞妞：一个父亲的札记》《岁月与性情——我的心灵自传》《偶尔远行》等，可知道什么是真挚情感和哲理。

读读百岁老人、文学大家杨绛的散文集《我们仨》和《走到人生边上》，透过她锋芒内敛、不动声色、静穆超然的润泽之笔，你可知道什么是诙谐幽默，什么是深刻老到和韵致淡雅之美。

拜读大师们的作品，你可知道鲁迅杂文辛辣深刻，郭沫若著作浪漫，茅盾小说波澜壮阔，巴金散文细腻真挚，钱钟书小说幽默睿智，朱自清散文精巧淡美，老舍小说浓郁京味，曹禺戏剧诗性严谨，冰心作品柔和清丽。

易中天说："读孔子得仁，读孟子得义，读老子得智，读庄子得慧，读墨子得力行，读韩非子得冷眼，读荀子得自强不息。"这些国学典籍是否这样？我们不妨抽闲翻翻，浏览浏览，感悟感悟。

近来我国提出了"一带一路"的经济战略构想，我们不妨读读陕西著名作家王蓬先生的报告文学专著《从长安到罗马——汉唐丝绸之路》和著名文化学者肖云儒的新作《丝路云履》，你可从文学的角度了解丝绸之路的历史、今天和变迁以及沿途的风光风貌。

来日方长，我们假如还有兴趣可以慢慢地选读一些中外名著，你可发现有惊喜的收获：

读列夫·托尔斯泰《复活》，从小说主人公、农奴女儿玛斯洛娃与政治犯西蒙松的关系，知道什么是所谓的“柏拉图式的爱情”和人性复活。

读司汤达的《红与黑》，看到了社会底层、木匠的儿子于连，用伪善和野心反抗社会的悲惨结局。

读歌德的小说《少年维特之烦恼》，为市民青年维特在毫无希望的爱情旋涡之中，以自杀方式反抗封建贵族偏见而震撼和惋惜。

读《钢铁是怎样炼成的》，你会记住作品主人公保尔·柯察金的名言：“人最宝贵的是生命，它给予我们的只有一次。人的一生应当这样度过：当他回首往事时不因虚度年华而悔恨，也不因碌碌无为而羞愧。”

读莎士比亚的名作《哈姆莱特》你可了解什么是复仇。

读《罗密欧与朱丽叶》和《梁山伯与祝英台》你可知道什么是凄美动人的爱情。

读《红楼梦》你可知道什么是真正最好的中国古典爱情小说和封建社会荣辱衰败史。

读《金瓶梅》，这部被评家定为“第一奇书”的中国古典小说，它不只是描绘了主人公西门庆与潘金莲、李瓶儿和庞春梅三位女人的淫乱关系，而且你可知道什么是泄愤封建社会的世情书。

读雨果的《巴黎圣母院》不但知道什么是虚伪，也会知道什么是美和丑，更使你获得了一个美与丑这个哲学命题的解读。

读艾青的诗《北方》使人知道作者为啥常含眼泪；读北岛的诗《宣告——献给遇罗克》，知道了什么是冷峻和丰富的内涵；读顾城的诗《一代人》“黑夜给了我黑色的眼睛，我却用它寻找光明”，感受到了诗人意象朦胧中充溢着的淡淡的忧伤。

读莫言的长篇小说《蛙》以及他大量的短篇小说，你可知道莫言为啥能获茅盾文学奖和诺贝尔文学奖，以及对什么是“魔幻现实主义融合了民间故事、历史与当代社会”，有所了解。

…………

好了，读什么书，我就不再啰唆了。

著名诗人汪国真说得好：会读书的人和不会读书的人有一个主要的区别，前者“雁过拔毛”，后者“一毛不拔”。读书对于繁忙的人们来讲是一种休息、消遣，而对于闲暇的人们来说，读书更应该是一种工作、任务。

我说朋友，倘若你工作事务繁忙，那你就忙里偷闲，拿起一本书，让书伴你轻松消遣；倘若你悠闲发慌学驴叫，那你也拿起一本书，把它作为工作和任务来完成，定会解闷充实，终生受益。

最后，下边我搜集了一些有关读书与写作的名言、警句，愿与各位共勉：

不动笔墨不看书。——毛泽东

书看多了，文章自然就会写了。——鲁　迅

读书使人充实，讨论使人机智，笔记使人准确，读史使人明智，读诗使人灵秀。——培　根

胸藏万汇凭吞吐，笔有千钧任翕张。——郭沫若

书是代表人类老祖宗传给我们的知识的遗产，我们接受了这遗产，以此为基础，可以继续发扬光大，更在这基础之上，建立更高深更伟大的知识。——胡　适

读书有两个要素：第一要精，第二要博。——胡　适

读书是一种自我保护。——北　村

好读书不求甚解。——王　蒙

读书破万卷，下笔如有神。——杜　甫

读万卷书，行万里路。——刘　彝

发奋识遍天下字，立志读尽人间书。——苏　轼

熟读唐诗三百首，不会作诗也会吟。——孙　洙

书到用时方恨少，事非经过不知难。——陆　游

鸟欲高飞先振翅，人求上进先读书。——李苦禅

书是全世界的营养品。——莎士比亚

读书百遍，其义自见。——陈　寿

书山有路勤为径，学海无涯苦作舟。——韩　愈

读过一本好书，像交了一个益友。——臧克家

要知天下事，须读古人书。——冯梦龙

韬略终须建新国，奋飞还得读良书。——郭沫若

一个人可以无师自通，却不可无书自通。——闻一多

书中自有千钟粟，书中自有黄金屋，书中自有颜如玉。

——赵　恒

有书真富贵，无事小神仙。——载　沣

养心莫善寡欲，至乐无如读书。——郑成功

旧书不厌百回读，熟读深思子自知。——苏　轼

三日不读书，便觉语言无味，面目可憎。——黄庭坚

博观而约取，厚积而薄发。——苏　轼

书卷多情似故人，晨昏忧乐每相亲。——于　谦

蹉跎莫遣韶光老，人生唯有读书好。读书之乐乐无穷，瑶琴一曲来熏风。——翁　森

黑发不知勤学早，白首方悔读书迟。——颜真卿

立身以立学为先，立学以读书为本——欧阳修

书籍是人类进步的阶梯。——高尔基

理想的书籍是智慧的钥匙。——托尔斯泰

书犹药也，善读之可以医愚。——刘　向

书中横卧着整个过去的灵魂。——卡莱尔

人的影响短暂而微弱，书的影响则广泛而深远。

——普希金

莫等闲，白了少年头，空悲切。——岳　飞

读书须有胆识，有眼光，有毅力。——林语堂

人是活的，书是死的。活人读死书，可以把书读活。死书读活人，可以把人读死。——郭沫若

从来没有人为了读书而读书，人们是在读书中发现自己，联想自己，检查自己，提升自己。——罗曼·罗兰

少而好学，如日出之阳；壮而好学，如日中之光；老而好学，如秉烛之明。——刘　向

大师们写的书，他们不功利，把自己关注的问题研究透，然后写出来，我愿意看这样的书。——周国平

书是唯一不死的东西。——丘　特

人的脑子里有一个大仓库，里面储存着别人拿不走的东西。只有忠实的读者才懂得文学作品的力量和作用。这力量，这作用，连作家自己也不一定清楚。——巴　金

当以蜜蜂为模范，博览群书而匠心独运，融化百花以自成一味，皆有来历而别具面目。——钱钟书

读书这件事“树之为规律，威之以夏楚，悬之以科甲，以求一当，皆官样文章而已。”——钱钟书

读一本好书，就是和许多高尚的人谈话。——歌　德

灵魂欲化庄周蝶，只爱书香不爱花。——童　铨

学贵质疑，小疑则小进，大疑则大进。疑者，觉悟之机也，一番觉悟，一番长进。——陈献章

读书好似爬山，爬得越高，望得越远；读书好似耕耘，汗水流得多，收获更丰满。——臧克家

有些人读书为了思考——这是少数人；有些人为了写作——这很普遍；有些人为了谈论——这是绝大多数人。

——C. C. 科尔顿

读书要四到：一是眼到，二是口到，三是心到，四是手到。——胡　适

读书是学习，摘抄是整理，写作是创造。——吴　晗

读书造成充实的人，会议造成未能觉悟的人，写作造成正确的人。——培　根

人有三宝精气神，腹有诗书气自华。——苏　轼

文章憎命达，鬼魅喜人过。——杜　甫

秋风生渭水，落叶满长安。——贾　岛

两句三年得，一吟双泪流。——贾　岛

写作从来都是困难的，愈难结果愈好。

——列夫·托尔斯泰

思索、思索再思索，否则就值不得写，没有经过深思熟虑而写下来的东西，本身就一钱不值。——车尔尼雪夫斯基

能读千赋则善赋。——扬　雄

书痴者文必工。——蒲松龄

风声、雨声、读书声，声声入耳；家事、国事、天下事，事事关心。——顾宪成

好了，我就说这些，不好意思占用了大家不少时间。还是让我们终生以书为伴，把写作当成一种普通生活方式吧！

谢谢。再见！

2015 年 5 月 14 日

动人心弦的瞬间

2015 年初夏的一个周末，我刚下班进家门，好友、作家朱文杰打来电话：“今晚有空吗？叫你开个雅荤，携带老婆看场交响音乐会！”我说：“好啊，在电脑前趴了一天，是该换换脑筋，享受享受音乐带给人的魔力。”带了一天小孙女的老婆，一听要去参加音乐会，她比我积极性还高。于是，我们俩胡乱吃了一些东西，打的直奔西安音乐学院音乐厅。

修建一新的西安音乐学院典雅、现代、优美，是我崇尚、仰慕已久的高等音乐学府。音乐厅更是被称之为城市阳光下的圣洁符号：别致宏伟，宁静柔美，清新高雅。进入大厅，我一下有一种神圣和拜谒的感觉。今晚的交响音乐会演出的名称叫

《动人心弦的瞬间》，演出的曲目是由陕西爱乐乐团演出的芬兰作曲家西贝柳斯的《忧郁圆舞曲》、捷克作曲家德沃夏克的《E大调弦乐小夜曲》和法国作曲家弗兰克的《d小调交响曲》。

陕西爱乐乐团是一个成立近60年、中国西部最优秀的交响乐团，也是一个历史既悠久又年轻的交响乐团，创作和演出了一大批经典作品，先后与中外著名音乐家李德伦、严良堃、李心草、郎朗、李传韵、刘诗昆等合作，取得了非凡的成果。

我静静地坐着，凝眸着演出台，看到演出台上，指挥和男演奏家都穿清一色的黑燕尾服，女演奏家都穿清一色的拖地黑连衣裙。给人的感觉庄重、肃穆、恬静。各种交响乐器，弦乐：小提琴、中提琴、大提琴和贝司，木管：短笛、长笛、低音单簧管和高音单簧管，铜管：小号、长号、大号和圆号，打击乐：定音鼓、小军鼓、大鼓、叉锣，还有竖琴等，好家伙，阵容宏大，配备齐全。

出生于音乐世家的小提琴演奏家、指挥家，现任中国音乐学院管弦系教授、陕西爱乐乐团音乐总监的金辉，担任这台交响音乐会指挥，是乐队的灵魂人物。演奏的整台音乐会的三部曲目，金辉全通过手势、身体动作以及面部表情，驾驭和控制整个乐队。他的指挥既富有激情，又富有表现力和感染力。在音乐传达感情的同时，他也用形体动作给观众传达着自己的情绪，他的指挥在某些地方我似乎看到了日本指挥家小泽征尔的影子。特别是在指挥结束乐曲时，他面对乐队纵情地双脚跟离地、伸展开一字形的双臂，动作果断、坚定、准确，使饱满的情绪贯穿到最后一个音符，给观众以力和美的享受。

《忧郁圆舞曲》是作曲家西贝柳斯为芬兰剧作家亚涅菲特所作的剧作《库奥莱玛》谱写的戏剧配乐最著名的一首。乐曲展示的是绵绵长夜的景象，给观众和听众以压抑和凄凉的感觉。但，当沉闷的旋律结束后，长笛和小提琴奏出了一支迷人的歌唱性旋律，就像在阴暗中突然投射进一束明亮的阳光，使人耳目一新。第一首曲目，天籁之音，动人心弦，就让人沉醉。

《E 大调弦乐小夜曲》是作曲家青年时代创作的最为典雅、抒情、自然和完美的作品。全曲分五个乐章。我当然体会不来五个乐章是怎么分的。但我细心聆听，感觉乐曲一开始，平和而亲切，如同絮絮的情话，为整个乐曲奠定了温情和憧憬的基调。一会儿乐曲委婉淳朴，情绪开朗，乐章轻快的抒情，如同荡漾在波浪间的小船。一会儿乐曲活泼跳跃，像轻快的舞曲。一会儿又幽静而甜美，最后整个乐曲节奏坚定、充满气势、欢快和活力。

《d 小调交响曲》据说是作曲家借助音乐的力量，表达他关于宗教和哲学的思考。全曲分三个乐章。一开始由全体乐器有力齐奏，一会儿乐曲如行云流水，自然流畅，不加雕饰。后来，全体弦乐器如爆发般地连续奏出，最后，全曲在庄严而强有力的气势中结束，博得了音乐厅全场观众雷鸣般的掌声。

有位音乐家说过：“交响乐是没有业余的。”其实我并没有什么音乐细胞，也对三位西洋音乐大家乐曲的内涵没什么领会和感觉。但是，当我这个“业余的”交响乐欣赏者，走进这神圣的音乐殿堂，沉浸和陶醉在优雅的环境、优美的旋律和高雅浓郁的艺术氛围，你的心灵和精神，自觉和不自觉地被感染熏陶、洗礼自省和净化升华。瞬间，你也可能变成另一个雅静的人。

人这一生，除了有生理需求、物质需求、安全需求外，还有精神需求和爱的需求。在当下国人温饱问题已基本解决的前提下，重视和提高精神需求尤为重要。对一个久居都市的人，忙里偷闲欣赏欣赏高雅音乐，能躲开物欲横流、节奏加快的都市喧嚣和浮躁，寻得和感悟瞬间的动人心弦，也是一种精神需求和享受。

瞬间，动人心弦的音乐会结束了，我似乎还沉醉在那美妙的旋律中，朱文杰老弟说：“怎么样？像这样的音乐会，我每年都要参加几场。”我忙不假思索地说：“以后有票我还要来！”

2015 年 5 月 1 日

《幽夐含光门》跋

这是我出版的第三本个人散文集。

多年来我养成了一个习惯，喜欢在夜深人静或礼拜天无人干扰的情况下，伏案灯下电脑前胡乱翻一些闲杂书，或对着电脑发愣，然后随着大脑的胡思乱想，信手就在键盘上敲出一些文字，再经过一番修改整理，就成了我认为的一篇文章。

这几年又当了多年的陕西省交通作家协会主席，办了20多年的《陕西交通报》，在做好报纸编审工作的同时，我总觉得应该隔三差五写点东西，否则咱对不住交通作协主席这个头衔。于是乎，我忙里偷闲，点鼠标，敲键盘，写文章，留下一些属于自己的文字。

现在我已有了可爱的小孙女，小名“月亮”，一回到家我第一件事就是洗手抱小孙女或者洗尿褯子和她的小衣裳。人上了年纪就有些“贱”，工作一天了，也不知道什么叫累，抱着“小月亮”就只知道开心快乐，什么烦心事都一股脑地抛九霄云外了。享受天伦之乐是人之常情吧！

我的老婆、“小月亮”的奶奶太辛苦了，我得想着方子替她分些负担。她要哄“小月亮”睡觉、吃饭，我就信口编了一首儿歌《月亮摇篮曲》，让老婆念叨着，好让小家伙睡觉：

小月亮乖宝宝
爱唱爱说爱蹦跳
多吃奶长得高
多吃饭身体好

小月亮乖宝宝
小鸟小狗不要叫
我家月亮要睡觉
睡好觉长大脑

小月亮乖宝宝

小天使甜甜笑

健康成长最重要

幸福美满乐淘淘

就这样回到家，不管再忙再累，我都仍然会忙里偷闲，在完成了我的家庭工作程序后，会钻进书房看看报，翻翻书，上上网，发发愣，点点鼠标，敲敲键盘，写写稿。我觉得这和帮老婆干家务、带小孙女并不冲突，而是相辅相成的。

人常说“习惯成自然”。这话我太欣赏了。人的习惯一旦成自然的事了，那什么力量都难以改变它。

我毕竟是经过 17 年共和国高度计划经济、十年“文革”和改革开放三个截然不同时代的“老三届”知青。对大千世界无奇不有的状况，似乎都见怪不怪了。但是我看似不善奢谈，其实生性倔强，从骨子里追求自由自觉，上当受骗的事，再不想干了。因此我厌倦了说大话、套话的官样文章、说教文章，我不会矫情写无病呻吟的文章，我不喜欢写盲目地吹捧人或对别人说三道四的文章。我不信、也不屑于一些部门和领导推荐、指定的书看。我主张开卷有益、博览群书无禁区。我喜欢如鲠在喉，不吐不快，有感而发。我的脾性是能耐得寂寞，坐得住，沉住气，广积薄发。我在多种场合、多次说过，我平生最喜欢一位诗人说的话："创造美的职业从来都比海盗更凶险。"最信奉马克思一句名言："自由自觉的活动恰恰就是人类的特征。"我喜欢自由自觉地读，自由自觉地想，自由自觉地写，自由自觉地说，自由自觉地生活。我自觉地把我读书、我思考、我写作当成自己一种愉悦的精神追求和生活方式。

多年来，我也一直在寻找适合自己的写作方式、写作方向和属于自己的文字。我给我的定位始终是"业余作者、半吊子文人"。写小说需要编故事，要有灵感，人贵有自知之明，咱成不了那个气候，再说现在小说汗牛充栋，有几个人能捺着性子卒读小说特别是长篇小说。据说茅盾文学奖的评委里，也有人根本就没读完被评的长篇小说的。写诗那是要有意境、有韵律的，那是文学最高雅的形式，是要有诗人气质的。当下在这个浮躁的社会，有几个人在写诗、读诗呢？我自认不是写诗的料子。还好，我似乎找到了，写随笔、散文是适合我比较宽广的路子。

鲁迅先生说过："散文的题材，其实是大可以随便的。"

散文的内容无所不包，它的形式也是绚丽多姿。散文，它可以沉静忧思，像淙淙的泉水；也可以慷慨激昂，像大海的怒涛；也可以明朗熠光，像秋夜的星空；也可以丰富细腻，像情感的词典；也可以深邃浩瀚，像思想的盛宴；也可以鸟语花香，像美丽的风景。当然，散文写好还真不容易。散文不是作文，它是真情实感的流露，是内心精神世界的表白，是文学创作的重要形式。越是散越是难写，越是随便越难把握。从当今一些散文大家的创作经验看，散文写作功夫在外，要摆脱眼前环境、条件的束缚，跳出待在家里，坐井观天，喝茶聊侃，厮守着自己“一亩三分地”的小天地。要用作者自己的语言写、自己的脑袋思考问题。好的散文要有思想的内涵，知识的内涵，文化的内涵和优美愉悦人的语言。读者读了之后，要给人留下一些什么，思考一些什么，玩味一些什么，欣赏一些什么。

多年来，我把所见所闻，所思所想的人、景、事和一些历史、社会现象，在电脑键盘上敲成了文字，就形成了属于我自己的随笔、散文。我知道我写得不多、不深、不广，更谈不上好。但是我一直坚持着，用自己的语言，自己的思考，把散文写得尽量有一些思想的内涵，知识的内涵，文化的内涵。我会向着这个方向努力的。

人常说“老婆是别人的好，娃是自己的好”。自己的文章就像自己的娃，再不怎么样，我还是把我写的“生活杂品”一辑里的文字保留下来，收进我的集子。

前不久，我承担了省上“十二五”文化出版工程《西安城墙》的一些写作任务，我把我写的有关西安城墙文化的文稿，经过修改整理，作为“城墙文化”一辑也选进了集子。

多年从事交通写作和编审工作，自觉地搜集、积累了一些古今为我所用的资料，经过我的消化思考，写就了一些交通史话、交通文化的文字，我把它编为一辑“交通文学”遴选进集子了。

以上这些就是这本集子的全部内容。

因为我常年居住在西安城墙含光门外，天天抚摸着含光门，对含光门太熟悉了，太有感情了，太有感悟了，因此我的集子起名曰《幽夐含光门》。

凑巧，2013 年省内外几个作家要出一套《红枫林丛书》，我便顺势，《幽夐含光门》就打了个顺车。

书稿整理好后，著名文学评论家李星在繁忙之际，拨冗为《幽夐含光门》写了序文。

在这里，我首先要感谢李星老师的美文《庾信文章老更成》。感谢多年来，长期一直对我的工作和写作予以关注、支持、指点和帮助的陕西交通系统、陕西省内外的同人、作家、朋友、哥们、师长和领导们。

感谢与我相濡以沫、霜染鬓发而默默操劳家务并支持我写作的周春一老婆及其家人。感谢我的小孙女“月亮”给我带来了快乐和写作激情。没有他们也没有这部小书。

为了我的小孙女“月亮”，为了我的老婆孩子，我会注意锻炼，保养好我的身体，一往无前，一路长啸，活到老，学到老，读到老，想到老，写到老。

没有办法，“江山易改秉性难移”“习惯成自然”，我一定坚持习惯下去的。

2013年6月29日西安含光门外

我加入了中国作协

2015 年 7 月 22 日，我突然分别收到朋友从 QQ 和手机发来的短信，祝贺我被吸收为中国作协会员。我当时还在外地，一回到西安，我立马打开电脑点击“中国作家网”，看到 2015 年陕西被吸收为中国作协会员的 12 位作家公示名单中，鄙人的名字位列最前面。

今年初，在我填表申请加入中国作协时，儿子看到，问我：“你加入中国作协能咋?”老婆也问：“你人在西安，加入中国作协干啥?”

是啊，一个早已是年逾花甲之人，为啥要加入中国作协呢?

记得，上小学时我的一篇作文曾获得老师的好评，并作为范文贴在教室后面的黑板报上。在毕业前的一篇《我的理想》作文里，我便异想天开地第一次说出："我的理想是长大了当一名作家。"为了圆作家梦，我还真努力了一把。那时的《儿童时代》《少年文艺》和《中国少年报》等报刊，我逮住就读，没事就乱写。但是，随着时间的推移，孩提时代的梦呓，早已火出木尽，灰飞烟灭。后来到了"文革"时期，作为共和国一代"老三届"人，终止学业，插队务农，进厂做工，沉入底层，父母双亡，世态炎凉，日渐涉世，如此这般。"文革"结束，痛定思痛，开始思考、醒悟写些东西。也正在这时，新时期的"文艺复兴"，震撼、影响了自己。我如饥似渴地阅读了新时期许多著名作家的文学作品。文学的魔力和神圣吸引了我。"作家梦"又开始在我头脑"死灰复燃"了。

20 世纪 70 年代后期至 80 年代，那真是文学的春天。特别是短篇小说，像初春时节一夜间绽放的迎春花，像仲夏之季突然响起的惊雷，以"井喷"式的势头，磅礴而出，蔚为壮观。那时风清气正，每年的短篇小说奖都是采取"专家与群众相结合的方法"，先由全国读者投票推荐，然后专家根据群众投票推荐的情况评选出来。一篇优秀的短篇小说一旦获奖，立马在全国就引起轰动。譬如那个年代获奖的优秀短篇小说有刘心

武的《班主任》、莫伸的《窗口》、卢新华的《伤痕》、王蒙的《悠悠寸草心》《春之声》、蒋子龙的《乔厂长上任记》、柯云路的《三千万》和张抗抗的《夏》等一经发表就引起轰动，甚至到了洛阳纸贵的程度。哪像现在一些文学作品的评奖，全是靠几个所谓的专家评委一鼓捣，就评选出来，获奖的作品也没有产生多大的影响。

我当年作为一名文学青年，《人民文学》和《小说选刊》我几乎每期都买、都读，每年都参加投票。记得，有一个叫“莫伸”的作者，他发表在 1977 年的《陕西文艺》（后改为《延河》）上的《人民的歌手》和 1978 年第一期《人民文学》上的《窗口》两个短篇小说，深深吸引了我、感染了我。我给《窗口》投了全国最佳短篇小说奖“庄严”的一票。最终《窗口》果然获首届全国优秀短篇小说大奖。之后多年来，我一直关注并阅读着莫伸的作品。有缘的是，20 年后这个叫“莫伸”的中国新时期陕西出道最早的获奖作者，竟然和我成了常来常往的好朋友和著名专业作家。

受当年文学热的影响，为了改变自己的命运和地位，在工厂做工的我，一面辛劳工作，应对各种考核；一面拼命读书写作、复课上学考文凭，忙得焦头烂额。硬是靠着自己的努力，20 世纪 80 年代中叶，我终于走上了和文字打交道的生涯，至今一干就是 30 年。1982 年开始在《西安工人文艺》发表短篇小说。1998 年加入陕西省作协。2007 年担任陕西省交通作家协会主席和陕西省作协理事。出版了 3 部小书，主编和参与编著了 30 余部文学作品、新闻作品和交通史志书籍出版。

人常说："上贼船容易，下贼船难。""水往低处流，人往高处走。""干啥事，就吆喝啥。"既然上了这条"爬格子"的"贼船"，再下来就不能自已了。那就只好顺应"水涨船高"大势，向更高、更远的彼岸划去。我想，既然干了"爬格子"这个事，那就要想着如何干得更好。既然加入省作协也已 17 年了，那就应该更上一层楼——加入中国作协就是顺理成章的事了。

其实，作为行业的业余作者加入中国作协也是有难度的。几年前我和文友、陕西交通作协副主席兼秘书长刘峰，一同申请加入过中国作协。申报材料都寄过去了，却一直是如石沉大海。后来，听说申请加入中国作协，除了要出几本书，还必须有省一级作家协会的推荐，全国报来的入会申请名单，中国作协要严格审批，砍掉几乎一半，然后公示。

几年过去了，我这一把年纪的人，早把"加入中国作协"这茬子事忘了。感谢我的好友、文友陕西交通作协副主席、公路分会主席蒲力民先生。他今年年初找到我说："咱们一块儿申请加入中国作协吧！"我说："我申请过一次，还是挺难的，光填表、程序就很复杂。”他说：“咱努力吧！”最终在他的鼓动和唆使下，我再次申请加入中国作协。

《中国作家协会入会申请表》从网上下，填起来，很麻烦。电脑打，填不下，表格一个字又不能改，必须是一张两面，用手写。填写要求很规范，要用笔迹，作家要留下笔迹，不能打印。据说当年郭沫若、茅盾和老舍这些文学巨匠都是如此。感谢陕西省公路局党办的王惠女士，帮我俩严格按要求填表、复印、装订材料。特别要感谢陕西省作协的好当家人——党组书记、常务副主席蒋惠莉女士，真心、热忱地为作家服务。她审查了我俩的材料，复印了我俩的表格，并以陕西省作协团体的名义向中国作协做了推荐。就这样折腾了几回，最后还是王惠女士用特快专递，成功地将申报材料寄到中国作协创联部。寄出后等待了近半年，到今年 7 月 22 日公示，总算尘埃落定。

8 月 11 日，我收到了中国作协给我寄来的入会通知书。看到这庄重的入会通知书，我不禁滋生了一丝小小的激动、感动和感激之情。

在这里，我要郑重感谢多年来，《陕西日报》《西安晚报》《华商报》《三秦都市报》《文化艺术报》《延河》文学月刊、《丝绸之路》《中国交通报》《中国公路》《中国公路文化》

“陕西作家网”“中国公路网”《东方商旅》《艺文志》和《陕西交通报》等报刊、网络编辑、记者们的厚爱，发表拙文。

感谢太白文艺出版社、国际文化出版公司、三秦出版社、西安出版社、西北大学出版社和沈阳出版社的编审和责任编辑们。正是他们编发出版拙著和我主编的书，我的文章才会为众多的读者所知晓。正是有了这些拙文和著书，才有了申报加入中国作协的基本条件。

感谢当代著名作家、评论家、学者陈忠实、肖云儒、李星、叶广芩、子页、商子雍、商子秦等朋友，为我著的书和我主编的书拨冗题词和作序。正是有了他们的指点、评析和提携，我的小书才有了一定影响，我的写作才找准了定位和方向。

感谢长期以来和我并肩工作和奋斗的陕西交通报社和陕西交通作协的领导、同仁、文友们。正是有了交通报社和交通作协这样的平台，也正是他们的关心、包容和支持，使我有了写作和工作的动力和信心。

我还要感谢与我相濡以沫、霜染鬓发而默默操持家务的妻子及其家人。感谢我的小孙女“月亮”给我带来了快乐和写作激情。没有他们的理解、支持和陪伴，我不可能排除干扰，长期坚持写作，并能收获这庄重的入会通知书。这也算是对我

的妻子和家人有了一个交代。

当然，在当今物欲横流、人心浮躁，作家地位日渐滑落、名头不再响亮的时下，加入中国作协不再是什么时髦和值得炫耀的事情。其实，加入中国作协完全是个人行为，并不意味着入会者在创作水准上就能够得到提升。充其量只能是对入会者写作水准和创作身份的一个自我认证，不会也不可能对作者有什么人事、名声、地位和经济上的联系。这些都是很正常的，我心里非常清楚，也非常清醒。

尽管人们看到，中国作协近年来，总是被人诟病。一些作家和网民对中国作协这个组织体制，不时有不少这样和那样的批评、嘲讽，甚至谩骂。

尽管被誉为“童话大王”的郑渊洁等作家，因不满中国作协，不久公开宣布退出了中国作协，引起人们对中国作协的热议。

尽管有过令人不耻抄袭经历的新锐作家郭敬明和刘晓庆、于丹、谢军等明星人物居然也加入了中国作协而引发了褒贬不一的巨大争议。

尽管另类作家韩寒拒绝加入中国作协，并说了许多激怒一些作家的雷语：“我建议解散中国作家协会，这样中国文学才有出路，也让世人少看点笑话，让本应该成为很多艺术的大宗的文学得到真正发展。”“入作协就是一个作者堕落和失败的开始，是最无厘头和不务正业的事情。这次的巴金之后将要选出的第一任作协主席就是堕落失败和没骨气的典型，愿您统领着中国最大的年轻二奶和年老二奶奶群体，奔向诺贝尔。文学奖是够呛，我要是评委，肯定把诺贝尔和平奖颁给这组织。”“中国作协的专业作家制度是非常愚蠢的，全世界可能只有朝鲜还这样。”

凡此种种，尽管如此，我还是认为，中国作协这样的组织，它是适应中国国情、中国特色、中国气派和中国体制的产物。它当然还存在许多弊端和问题，需要不断地改进和改革，因此中国作协对社会上的种种指责和批评，应该持积极的欢迎和宽容的态度。但是，中国作协毕竟是被全中国绝大多数作家认可、联络、协调和服务的最权威的专业社团群众组织。毕竟是全中国作家的“家”。享誉中外的文学巨匠茅盾、巴金曾长期是中国作协的掌门人。一代文学大家郭沫若、丁玲、老舍、周扬、冰心、叶圣陶、冯雪峰、田汉、曹禺、沈从文、俞平伯、钱钟书、杨绛、冯至、冯牧、艾青、吴晗、季羡林、孙犁、张恨水、朱光潜、臧克家、赵朴初等都曾是中国作协会员并长期担任过作协领导职务。当代众多中国最优秀、最有才华、最有实力的作家，如：王蒙、邓友梅、从维熙、欧阳山、白桦、沙汀、玛拉沁夫、柳青、铁凝、刘绍棠、刘心武、陈忠实、莫言、徐迟、刘震云、王朔、梁羽生、余华、余秋雨、苏童、格非、宗璞、黄宗英、张贤亮、路遥、贾平凹、冯骥才、叶广芩、莫伸、梁晓声、阿来、张抗抗、王安忆、汪国真、魏明伦等全都聚集在中国作协的麾下。

近年来，中国作协不再是死水一潭，不断改进改革、发展壮大，吸引了越来越多的优秀作家加入进来。人们看到，以前一些难登作协之门的年轻的优秀网络作家，也纷纷加入中国作协。以前不可能做到的台湾、香港和澳门地区的优秀作家，也自愿申请，加入了中国作协。2009 年，85 岁高龄、堪称当今华语文坛泰斗的香港武侠小说作家金庸，经著名作家邓友梅、陈祖芬两个人介绍，加入了中国作协，并被聘为中国作协第七届全国委员会名誉副主席，引起了文坛轰动和热议。

因此，我认为加入这样一个各路高手云集的组织——中国作协，对一个普通写作者来说，不是什么像韩寒所说“堕落和失败的开始，最无厘头和不务正业的事情”，而是一种归宿感、责任感和光荣感，而恰恰是意味着一个新的起点的开始。能和这些当代中国最优秀的作家为伍，对自己时刻都是一种激励和鞭策。

爬格舞文，染上文学，犹如染上了一种魔法，一旦你真正“入魔”了，你就不由自主，无法逃脱。写作是孤独的，清苦的，寂寞的。但，无论你在文字的海洋里跋涉得多么费心，多么辛劳，多么艰难，无论你是否写出了令自己满意的作品，这一切，就都不重要了。重要的是，创作本身，伴随着你的生命，给你快乐和慰藉，使你充实和满足，让你着迷和痴狂。这就够了。

如今，我已如古人所说向古稀之年迈进。老牛自知夕阳晚，不用扬鞭自奋蹄。日月不催人自老，人生易老心难老。既然已加入了中国作协，当然就意味着我一个新的起点的开始。虽然人近老矣，但心不能老。在有生之年，我依然是个业余作家、半吊子文人，但，绝不能自甘落伍、自甘堕落，应始终保持作家应有的独立、自由精神。首先，我要休养生息，放松自我，管住嘴、放开腿，坚持适度的锻炼，保养好自己的身体。其二，运用好作协的平台，广交朋友，平和心态，提升充实丰富自己。其三，读万卷书，行万里路，多学习、多读书、多积淀、多交流，多抽出时间和家人、和朋友出去走走，看看，聚聚。其四，有了感悟，舒心随意，写点东西，在文学道路上，不断奋进。

走自己的路，但愿能写出更好的作品、能够吸引人的作品！

2015 年 8 月 12 日

古路坝灯火

1937年7月7日“卢沟桥事变”后，全中国爆发了气吞山河的全面抗战和全民抗战。由好友、著名作家莫伸最新编剧、导演的电影《古路坝灯火》，讲述了77年前的1938年抗日战争时期一批从天津、北平、焦作等地迁移到陕西汉中城固古路坝西北联大西北工学院（今西北工业大学前身）的师生勤奋苦读、立志救亡图存、报效祖国的故事。讴歌了在中华民族的生死存亡关头，知识分子们为国分忧的可贵精神及秉持道德的行为操守。电影从一个侧面反映了那场难忘的、可歌可泣的全民抗战、全面抗战的历史。

西南联大与西北联大是抗战时期中国高等教育遥相呼应的

两翼，在中国教育史上可谓双峰并峙。但是，同为著名的流亡大学，西南联大早已闻名遐迩，享誉世界，而西北联大却由于种种原因，淹没在历史的风烟中，被人遗忘。半个多世纪以来，反映西南联大的文艺作品不少，早在改革开放之初拍摄的以西南联大为素材的电影《流亡大学》就很有名，而反映西北联大的文艺作品几乎没有。电影《古路坝灯火》就这个意义而言，已超乎了电影本身，它不仅为我们再现了那一段难忘的抗战岁月，而且为我们填补了这段历史空白。这部影片是迄今为止中国第一部讲述西北联大故事的片子，又恰值我们迎来纪念抗战胜利 70 周年，可谓生逢其时。

近年来，反映抗日战争题材的影视剧多不胜数，这其中不乏优秀的剧目。但也有不少其情节貌似热闹，内容却是胡编乱凑、荒诞不经、令人啼笑皆非的抗战神剧、雷剧。而电影《古路坝灯火》的出现却令人耳目一新。影片没有描写炮火连天的场景，而以小人物的故事演绎历史的大事件，以表达知识分子科技救国、科技报国的主题和万众一心共赴国难的崇高的民族气节。

影片中一主人公、西北工学院正在就学的学生郑浩秋的弟弟郑浩春来找哥哥，哭诉全家人被日本人残杀的遭遇，哥哥听后很激动，执意要弃学从戎，上前线去打日本鬼子。弟弟对哥哥说："你的本事不在拿枪，你偏要去拿枪。你的本事在造枪，你偏不去造枪！你说，你是真的想给咱全家人报仇，还是把报仇当成在戏台上唱戏了?"书生的战场当然可以直赴疆场洒血捐躯，但不仅仅是如此，更应是以科学的力量去强国，以知识的力量去改变积贫积弱的现实。

电影《古路坝灯火》作为一部充满现实主义风格的作品，也是一部具有强烈忧患意识的良心之作，对这一主题做了有力的表现。当观看影片时，观众胸中荡起的是凛然正气，眼前矗起的是崇高的人和崇高的品质。随着剧情的一步步展开，我们看到，那些平凡普通的师生，在血与火的风烟中，自觉自然地汇聚成为中华民族摧不垮的英雄长城。我们会发现，与其说电影是在展现和记忆那段不该被我们遗忘的历史，不如说是在挖掘和弘扬那种不该被我们忽略的崇高的报国精神。

电影里有这样一个情节：余专员不惧千辛万苦，为古路坝工学院的办学做出了巨大努力和贡献，他的儿子想上工学院，因为分数不够，鲁校务再三说情，却被李院长拒绝入学。在那样艰苦的环境下，工学院的李院长还如此坚持严格办学，不降标准，不走后门，不依附，不趋时，不逐利，坚持"独立之精神，自由之思想"的大学精神。令人为之震撼，为之动容。也为今日之大学从严办学、治校起到了醒世作用。

我有幸两次观赏了这部片子，并专门到城固瞻仰了“西北联大工学院旧址”，寻访古路坝天主大教堂。1938 年 7 月，北洋工学院、北平大学工学院、东北大学工学院和私立焦作工学院，在古路坝联合组建国立西北工学院。一时名师荟萃，文脉流长。位于汉中市城固县城南 12 公里董家营古路坝村的古路坝与成都西坝、重庆沙坪坝形成中国抗战时期的文化三大坝。全面抗战八年，从古路坝这里走出去的本科生有 1300 多名，这里面诞生了国家最高科技奖获得者师昌绪、清华大学校长高景德、天津大学校长史绍熙，科学家李恒德、赵红璋等 10 多位“两院”院士，当之无愧地成为抗日烽火中的教育圣地，中国高校工程教育的发源地、在中国教育史上留下了辉煌的一页。

古路坝，一座美丽的小村庄。工学院之所以选在古路坝，是因为这古路坝有一所建筑于 1888 年光绪十四年西北地区最大的天主教堂。天主教进入汉中，古路坝成为陕南天主教总舵所在地，也给这里的人们带来西方文明和宗教信仰。这座教堂拥有主教大教堂、育婴堂、修女院、学校和医院等诸多独立建筑，并处在四面环山一湖清水间。这群连环建筑共建有 505 间房屋，加之民房延绵，900 多所房屋联成一片，蔚为壮观，是办学的最佳地方！我看到，现在的这些建筑群基本毁损不整，

2008年汶川大地震又加速了摧毁，现仅有主教大教堂的院落还依稀完好。院后修女院等建筑已是残垣旧壁。主教大教堂大门外的陕西省重点文物保护单位“西北联大工学院旧址”的石碑赫然竖立。

我从来不进教堂，今日却默默地漫步在古路坝的教堂庭院和草坪间，想象着100多年前那个意大利传道士在美丽的陕南小镇传教时是一种什么心情？他可否想到他曾传教和创办的教堂，50年后的1938年竟诞生了为中国输送、培养顶尖人才的一流高等学府？想象着70多年前战火纷飞中的莘莘学子在此卧薪尝胆、精忠报国的义举，我对这座大教堂油然产生了一种仰慕感、神圣感和膜拜感！

电影里夜幕降临，一把把灯火照亮了古路坝的教堂，也照亮了古路坝的黑夜，它象征着照亮了中国抗战的前程，也预示着照亮今天人们的心灵……

2015年8月20日

方寸世界

fangcun shijie

方寸世界寄情怀

20 世纪 50 年代还是小学生的我，就喜欢上了集邮。那时候主要是受我二哥的影响。我二哥大我 3 岁、高我四级，他上中学爱好忒多，既集邮，又集电影票，还集糖纸和洋片。我受他的影响，就跟他学。那时家里生活拮据，上学还要靠助学金，哪有钱买邮票啊！我们就自制集邮册，集的是信销票，即把信封上用过的邮票剪下来，用水轻轻一泡，再揭下来放到玻璃板上晾干，用夹子放到自制的邮册里。

以后收集国家发行的盖销票和新票。我记得 20 世纪 50 年代末，我什么都不懂，跟着二哥在西安市钟楼邮局购买过盖销票，那时价格便宜，几分钱一套，是新票的三分之一。1957

年11月17日，为纪念苏联十月革命胜利40周年，二哥专门在钟楼邮局排队盖纪念戳。他把吃早点的一点点零花钱都买了邮票。我感觉他本事忒大，不知是换来的还是买来的，现在想起来，那小小的集邮册里边，还真是有些好邮票的。印象最深的，有一套“开国大典”纪念邮票。除了中国邮票，外国邮票中的匈牙利、波兰和苏联邮票印象也很深，印得很精美，也卖得最快。我们这些穷学生娃都没有什么钱，只能选择比较便宜的盖销票了。一般大套的外国盖销票只要几毛钱，而对我们这些孩子来说就是很贵的了，一般的多是几分钱或一两毛钱一套。每次买上一两套票或换上凑齐的一套票，就已经十分满足，能高兴一阵子了。

1962年二哥当兵入伍走了，这集邮的任务就交给我了。他临走时还给我买了什么《集邮》杂志，让我阅读，增长集邮知识。他说：“我们都是穷学生，当下是读书学习，出不了国，也到不了哪儿去，只有集集邮，从邮票的方寸天地里，窥见、了解祖国大地和大千世界的人文地理、历史变迁、自然风貌和社会文化发展等。”

我拿到二哥集攒多年的集邮册，如获至宝，我不懂就看一些有关《集邮天地》《集邮》的期刊和一些书籍。从中我读到美国集邮家比尔曼曾经说过：“集邮教人以历史和地理，集邮是一种消遣，集邮使人保持热情，集邮使身世各异的人共享乐趣，它且是投资的好场所，它具有国际范围的交换价值，邮票可以跨越国界而不失其内在价值。总的来说，集邮是个人娱乐与满足的源泉。”我从阅读老舍先生的书里，还知道老舍先生说过：“集邮长知识，嗜爱颇高尚。切莫去居奇，赚钱代欣赏。”

这些话对我搞好集邮影响还真大。

很快我就入了迷。放学一回家，书包一扔，就甭提有多忙活啦。带着自己制作的集邮册，往邮市上跑，买新的，淘旧的，配齐未成套的，更新破旧的，交换没有的。跑邮市买邮票，换邮票，会邮友，聊邮事，成了我一项重要生活内容。我不管是什么邮票，都只集一张或一套，如有多余的，不是送人就是交换掉。那时根本没有市场和投资观念，从来不曾考虑会去卖邮票，更没想过什么升值、赚钱之类。包括“文革”期间发行的《全国山河一片红》邮票，我集了一枚，但我也不知道它今后的价值有多珍贵。邮票这种东西从 1840 年算起，至今也才不过 170 多年的历史，中国人开始集邮的时间就更晚，中国集邮的历史肇始于 1925 年在上海组织起中国集邮爱好者的中华邮票会。

“文革”中，有不少领导和同事有偏见，认为集邮是玩物丧志。我不信这一套，整整集了四年多，集了有100多套、两大本邮册。闲暇之余，自个儿翻阅、欣赏，乐在其中。好景不长。“文革”中很乱，1968年10月，我要下乡插队了，无法再集邮了，我怕这些宝贝丢失，我就把它全转送给了我的侄子。我的侄子后来又转送给我外甥。我外甥高兴地逢人便看，后来不知是被盗还是丢失，整个邮册不翼而飞了。我得知后，当然感到十分痛惜和懊丧。为此，外甥的父亲把我外甥暴训了一顿，还造成了他们父子间长时间的不和。我也专门到石家庄给他们父子规劝、调和。我说：过去的事就算了，丢了就丢了，咱们今后再不说集邮的事了。从此我失去了起先集邮的基础，就心灰意冷地断了集邮的念想。此后，除了每年想起了偶尔在邮局买一本年册，就再也没玩过邮票。我似乎已忘记集邮曾给自己带来益智、消遣和交友的乐趣。

丢失了的邮票无法再找回来，但方寸世界里寄寓着浓郁的兄弟情怀和我青少年时代的美好瞬间，却难以磨灭，永远铭记！

2015年5月15日

“世界屋脊”上的彩虹——康藏青藏公路

——《国家名片上的丝绸之路》稿之一

2014年12月25日是被称为天险中的“天险”“世界屋脊”上的彩虹——举世闻名的康藏公路、青藏公路通车60周年纪念日。

1950年新中国成立之初，解放军奉命进军西藏，完成祖国统一大业的历史使命时，毛泽东主席指示进藏部队：“一面进军，一面修路。”11万人民解放军、工程技术人员和藏汉同胞以高度的革命热情和惊人的战斗意志，用钢钎、铁锤、铁锹、镐头和炸药等简陋工具，劈开悬崖峭壁，降服险川大河，克服了人间难以想象的困难，开始了气壮山河的修筑康藏公

路、青藏公路的浩大工程。

川藏公路东自成都，始建于1950年4月；青藏公路北起西宁，动工于1950年6月，两路全长4360余公里，于1954年12月25日同时通车拉萨。成为古丝绸路上的钢铁运输线。

川藏公路后列入上海至西藏樟木318国道，成都至拉萨的一段公路，原名康藏公路，从原西康省省会雅安到西藏拉萨，全长2255公里。后因西康省大部分地区划归四川省，这条路才改称“川藏公路”，其起点也从雅安东移至成都，全长2416公里。

从成都开始，经雅安、康定，在新都桥分为南北两线：北线经甘孜、德格，进入西藏昌都、邦达，抵拉萨；南线经雅安、理塘、巴塘，进入西藏芒康，后在邦达与北线会合，再经八宿、波密、林芝到拉萨。北线全长2414公里，南线总长为2146公里。南北两线间有昌都到邦达的公路169公里相连。南线因路途短且海拔低，所以由川藏公路进藏多行南线。沿川藏公路进藏，要穿过二郎山、雀儿山等14座海拔在4000米以上的险峻高山，跨越大渡河、金沙江、怒江、澜沧江等12条汹涌湍急的江河。沿途海拔奇高，空气稀薄，激流飞瀑，风雪严寒，悬崖深谷，人迹罕至，气候地理，人文等条件异常恶劣。但一路的原始森林、雪山、冰川、峡谷、草原和江河湖泊等景色，炫目迷幻、旖旎雄奇。

川藏公路修建时，受历史条件和经济、技术水平等因素的制约，公路修建时间短，工程等级低，基本上属军用急造公路，加之沿线水文气象、地形地质条件十分复杂，各种山地灾害频繁爆发，阻车、断通时常发生。从 1985 年开始，国家又开始对川藏公路进行整治和改建。南线色季拉山口后特别是林芝后，已全为高等级公路，直到拉萨。成都至雅安段由川西平原向盆原低丘行进，全为高速公路。

青藏公路现在是世界上海拔最高、线路最长的沥青路面公路，也是目前通往西藏里程较短、路况最好且最安全的二级干线公路。沿途草原、盐湖、戈壁、高山、荒漠等景观，丰富异彩，大气磅礴。青藏公路，一年四季通车，是 5 条进藏线公路中最繁忙的公路，被誉为“世界屋脊苏伊士运河”。

青藏公路全长 2100 公里，翻越海拔 4837 米的昆仑山、5800 米的唐古拉山和可可西里及壮美的藏北草原。平均海拔 4500 米以上，共修建桥梁 60 多座，涵洞 474 座。在这至美的景观中，其间多年冻土地带密集，严重高寒缺氧，生态环境脆弱，在世界上堪称独一无二，也是筑路建桥必须要解决的世界难题。由于当时的施工条件简陋和自然条件恶劣，青藏公路原建设标准较低。因而，这条公路通车后病害不断，国家曾多次进行整治和改建。1975 年开工的青藏公路改建工程，是世界上尚无先例的高寒冻土区铺设黑色路面工程，是中国公路史上规模最大的工程。西宁至格尔木段于 1978 年完成改建工程。1985 年 8 月青藏公路全线黑色路面铺筑工程基本竣工，大大提高了运输效率，行车密度明显提高，最高车流量每昼夜达 3000 多辆，行车时速由每小时 20 公里提高到 60 公里。

在世界屋脊上修通了川藏公路和青藏公路，使得百万藏族同胞用现代化交通运输取代了千百年来人背畜驮的极其落后的运输方式，开创了西藏交通事业发展的新纪元。青藏公路是西藏与祖国内地联系的重要通道，承担着西藏 85% 以上进藏物资和 90% 以上出藏物资运输任务，在西藏经济发展和社会稳定中发挥着重要作用，被誉为西藏的“生命线”。

1984 年 12 月 25 日，为纪念青藏公路和川藏公路通车 30 周年，铭记中国人民解放军的光辉业绩和巨大牺牲，由时任中共中央总书记胡耀邦题写碑名的“青藏川藏公路纪念碑”在西藏拉萨市建立。碑文中写道：“建国之初，为实现祖国统一大业，增进民族团结，建设西南边疆，中央授命解放西藏，修筑川藏、青藏公路。世界屋脊，地域辽阔，高寒缺氧，雪山阻隔。川藏、青藏两路，跨怒江攀横断，渡通天越昆仑，江河湍急，峰岳险峻。11 万藏汉军民筑路员工，含辛茹苦，餐风卧雪，齐心协力征服重重天险。挖填土石3000多万立方，造桥400余座。五易寒暑，艰苦卓绝。3000志士英勇捐躯，一代业绩永垂青史。30年来，国家投以巨资，两路几经改建。青藏公路建成沥青路面。高原公路，亘古奇迹。四海闻名，五州赞叹。”

1956年3月30日，国家邮政部门发行的特14，三枚康藏青藏公路邮票画面上：一枚是康藏公路、青藏公路紧紧依傍着冰雪覆盖着的高山，逶迤险峻的画面；另一枚是康藏公路上飞架在大渡河上的雄伟的钢索吊桥景色；第三枚是以雄伟壮丽的布达拉宫为背景，1954年12月25日西藏拉萨人民庆祝康藏、青藏公路胜利通车的热烈场面。

60年了，今天我们观赏着这有特殊意义的康臧青藏公路邮票，怎能忘记当年修筑和改建川藏公路、青藏公路的英雄壮士及英勇献身的3000多位先烈们。这其中有一个人的名字是国人永志不能忘记的，他就是被誉为“青藏公路之父”的传奇英雄慕生忠将军。

慕生忠是一位身上留有27个枪眼伤疤的老红军，1955年任兰州军区后勤部政委，1955年被授予少将军衔。1951年8月，西北军区也组成了以范明为司令员、慕生忠为政治委员的西北进藏部队。第一次进藏，他们第一天就伤亡了20多人，骡马损失了几百匹，中毒死亡近千匹。到达拉萨时，慕生忠的队伍损失许多人员和三分之二的牲口。1953 年 10 月，兼任运输总队政治委员的慕生忠，征购全国各地的骆驼，率领西北地区 1000 多名翻身农民告别家乡，担负起向西藏运送粮食物资的特殊任务。

浩浩荡荡行进在香日德至拉萨的雪山草地上的号称“沙漠之舟”的骆驼队，它能适应戈壁沙漠，却不适应风雪高原，更不习惯跋涉在坚硬的雪原冰地上。经过翻越唐古拉，勇渡通天河，踏越千里沼泽，1954 年的春天到拉萨时，已有 4000 峰骆驼死在运粮路上。以致后来有人再去拉萨不会迷路，满路的驼骨就是路标。两次进藏看着这些悲壮、惨烈的场面，慕生忠萌发了一个强烈的念头：援助西藏建设，必须修建一条通行无阻的公路。

1954 年 2 月，正是北方最冷的季节，慕生忠穿着厚厚的皮大衣，带着被高原风雪磨砺得十分粗糙的皮肤，从青海来到北京，当找到有关部门要求修青藏公路遭到碰壁时，他大胆地向他的老首长、刚从朝鲜战场归来的彭德怀元帅请战，要求修路。

彭德怀听完汇报，踱步走到挂在墙上的中国地图前，抬起手从敦煌一下子划到西藏南部，说：“这里还是一片空白，从长远看，非有一条交通大动脉不可嘛！”后经彭德怀转交慕生忠的报告，周恩来总理批准了慕生忠的青藏公路修路报告，同意先修格尔木至可可西里段，拨30万元作为修路经费。随后，彭德怀又安排兰州军区为慕生忠拨出了10名工兵、10辆十轮卡车、1200把铁锹、1200把十字镐、150公斤炸药等物资。

1954年5月11日，是个载入史册的日子，慕生忠带领19名干部，1200多名民工和战士出发了。

筑路队伍边修路边通车，只用了79天就打通了300公里公路，于1954年7月30日把公路修到了可可西里。慕生忠再次向彭德怀请示工作。这一次，国家拨给了200万元经费，100辆大卡车，1000名工兵。1954年8月中旬在翻越了风火山后，向沱沱河延伸。有一次，沱沱河里修的过水路面被洪水冲毁了。慕生忠第一个跳到河中搬石砌路。河水冰冷刺骨，在水里站一会儿，两腿就麻木了。工人们一再催促他：“政委，你快上去吧！我们来干！”可老慕始终站在河水最深最急的地方，整整在雪水中干了10个小时。路修好了，汽车又继续前进了。他的双脚却肿得穿不进鞋了。大家心痛地说：“政委今天可受苦了！”慕生忠微笑着说：“我受点苦，可是价值大。今天200人干了500人的活。数学上1+1=2，哲学上1+1就可能等于3、等于4，甚至更多。在最困难的时刻领导者站在前头，一个人就能顶几个人用。这就是生活中的辩证法！”

12 月 15 日，慕生忠率领2000 多名筑路英雄，100 台大卡车，跨越当雄草原，穿过羊八井石峡，直抵青藏公路的终点——拉萨市。慕生忠成为有史以来第一个坐着汽车进拉萨的人。

就这样，慕生忠和他的战友们，仅用 7 个月零 4 天的时间，切断 25 座雪山，硬是将青藏公路从格尔木到拉萨 1200 多公里的高原公路贯通了，创造了新中国公路建设史上的奇迹。1954 年 12 月 25 日，康藏、青藏两大公路的通车典礼在拉萨隆重举行。

可是，一代筑路英雄、共和国的功臣慕生忠却因彭德怀的冤案，受到株连。1959 年庐山会议后慕生忠被扣上“彭德怀的黑干将”，“消失”了 20 年，撤职批判。

1979 年，彭德怀恢复名誉，慕生忠平反解放，复出后，他要求给他一个月的假期，去青藏公路看看。1982 年 5 月，这位 72 岁白发苍苍的老将军来到了他朝思暮想的格尔木，站在昆仑山口说：“我死后，你们把我的骨灰撒在昆仑山上，让青藏公路上隆隆的车声伴随着我长眠。”1994 年 10 月 19 日，享年 84 岁的慕生忠将军逝世。

2006 年7 月 1 日，当与青藏公路比肩而行的青藏铁路从格尔木向拉萨开出第一列火车呼啸而过的时候，我们不难想象，它是否在向长眠在昆仑山上的慕生忠将军和筑路英烈们鸣笛致敬！

60 年来，一条大道，一代英灵之精神和业绩，将永远鼓舞今日中华儿女为实现中国梦而英勇前行！

2015 年 4 月 9 日

青藏公路之父——传奇英雄慕生忠将军

丝路古道的经济大动脉——兰新铁路复线

——《国家名片上的丝绸之路》稿之二

1952年，兰新铁路开工修建，经过10万军民历时10年的艰苦奋战，1962年通车乌鲁木齐，结束了新疆没有铁路的历史。久经风雨剥蚀的西北高原的经济大动脉——兰新铁路，随着我国改革开放的全面展开和西部大开发的加快实施，特别是塔里木油田、吐哈油田的开发，以及1991年开通连云港至荷兰鹿特丹港的货运列车，这条单线的运力远不能满足运量日益增加的需求，也严重影响新疆自治区同内地各省区的经济文化交流。为此，1992年9月16日，丝绸古道春风又起，哈密火车站彩旗飘扬，四万建设大军集结誓师，兰新铁路复线建设拉开了帷幕。

1991 年 3 月经国务院批准立项的兰新铁路复线，原计划 3 年完成，但经过数万名筑路大军，战严寒，顶烈日，穿沙漠，越戈壁，打通天山山脉，跨越达坂沼泽，仅用两年时间提前用血肉之躯托起一条崭新的钢铁运输线——完成了这条长达 1622 公里的兰新铁路复线，创造了我国铁路建设史上又一奇迹。兰新铁路复线，东起武威南站，西抵乌鲁木齐，途经金昌、张掖、嘉峪关、哈密、吐鲁番等西部重镇。全线架设大中桥梁 151 座，凿通隧道 12 座，正线铺轨 1622 公里，站线铺轨 131 公里。

兰新铁路全线环境最恶劣、施工难度最大的是自哈密的了墩至鄯善的七克台，全长 134 公里的百里风区段。百里风区段常年刮风，最大风力达 14 级，1962 年至 1992 年曾发生过 15 次狂风刮翻火车的事故。1992 年修建兰新铁路复线时，刚从北疆铁路工地胜利归来的新疆建设兵团工一师（现建工师）担当了重任。工一师组织 5000 名职工奔赴百里风区，艰难地展开铁路施工。

狂风呼啸，飞沙走石，筑路英雄们首先要解决住宿问题。大家“八仙过海，各显神通”，有的利用过去修筑路基的取土坑，有的利用当年施工居住的残留墙体，有的干脆就在干渠沟槽内搭建起各式各样的简易住所。井风口，是风区铁路中风力最大、多次刮翻火车的地段，施工队伍决定在这里构筑一条由1.3万块、单重270公斤的混凝土预制块，砌筑净高3米、牢不可破的挡风墙。经过100多天的奋力拼搏，硬是将一条厚实坚固的挡风墙巍然屹立在十三间房铁路的一侧，对减少列车运行事故起了关键作用，也成为过往旅客注目的一道风景线。1994年兰新铁路复线通车后，又经过乌鲁木齐铁路局对线路的多次改造和提速，百里风区挡风墙已全线连通，此后20年，再未发生大风刮翻火车的恶性事故。

1994年9月16日，国家“八五”重点建设工程——兰新铁路复线提前全线铺通，国务院对兰新铁路复线铺通致电表示祝贺。贺电说，兰新铁路复线全线铺通，是我国铁路建设的又一重大成就，它的建成将大大改善西北地区的运输条件，对促进西北地区乃至全国的经济发展、社会进步和加强民族团结都具有十分重要的意义。兰新铁路复线的建成使兰新铁路的运输能力从1992年的1200万吨，增长到3000万吨，远期可达5000万吨以上。时任国务院副总理邹家华在举行的铺通典礼上，代表国务院向为兰新复线建设做出贡献的全体职工，向关心和支持兰新复线建设的沿线政府和各族人民群众表示热烈的祝贺和衷心的感谢。

兰新铁路复线的建成，使亚欧第二大陆桥年过货能力由1700 万吨向 5000 万吨迈进，中国的西北角再显辉煌。1994 年9 月 16 日全线铺通后，1995 年 6 月 30 日，兰新复线投入运营，运输能力成倍增长，运量可达 5000 万吨以上，可基本满足新疆客货运输需要。

兰新复线的运行，为铁路大提速奠定基础。1997 年至2007 年，中国铁路进行 6 次大面积提速。提速前的 1993 年，全国列车平均运行速度仅有 48.1 公里/小时。提速后，以乌鲁木齐到北京为例，提速使乌鲁木齐到北京的运行时间由最初的60 个小时缩短到现在的 33 小时。铁路大提速拉近了新疆与内地的距离，让新疆不再是遥远的边陲。以前坐火车从乌鲁木齐到上海要近 4 天，提速后不到 3 天就到了，速度越来越快了。2006 年 8 月 23 日，武威至嘉峪关铁路电气化改造工程乌鞘岭特长隧道双向贯通，兰新铁路最后的瓶颈消除，实现全线双线运营。2009 年 11 月 5 日，乌西至精河间复线竣工，次年电气化工程竣工。

1996 年我国邮政部门发行了编号为 T1996－22《铁路建设》邮票 4 枚，邮票反映了我国在 20 世纪 90 年代铁路建设新成就。其中第二枚是 1992 年 9 月开始兴建，1995 年 6 月底开通营运的《兰新复线》邮票，就是以古代丝绸之路上的重要关隘嘉峪关关城为背景设计的。这条铁路像钢铁巨龙横空出世，对开发大西北丰富资源，繁荣发展西部经济和文化，继续发挥着重要作用。

1996 年发行的 T《兰新铁路复线》邮票

2015 年 5 月 1 日

美幻青海湖

——《国家名片上的丝绸之路》稿之三

阴山铁骑角弓长，
闲日原头射白狼。
青海无波春雁下，
草生碛里见牛羊。

这首元代诗人马祖常的《河湟书事二首》，以清新生动的笔调，既描绘了青海高原一带英武雄奇的骑兵，又表现了青海湖水天一色，群鸟飞舞，草肥牛羊壮的生机盎然的景象。

青海湖，它宛若一颗镶嵌在古丝绸之路上的蓝宝石，晶莹明澈，圣洁高贵，蔚蓝美幻；又像是一盏巨大的翡翠玉盘平嵌在高山、草原之间，构成了一幅山、湖、草原相映成趣的壮美风光和绮丽景色，令人心驰神往。

国家邮政局2002年7月20在西宁发行了一套3枚的《青海湖》特种邮票。青海湖神奇美丽的自然风光随着这一枚枚邮票向世人展现风姿。邮票，分别题名为“湖畔”“鸟岛”和“远眺”，从不同角度折射出青海湖水草丰美的湖畔、鸟类的天堂和烟波浩淼、水天一色的青海湖全景。

青海湖是全国最大的内陆咸水湖，国际重要湿地，属于国家级自然保护区，青海省因此而得名。青海湖地处青海高原的东北部，这里地域辽阔，草原广袤，河流众多，水草丰美，环境幽静。湖的四周被四座巍巍高山所环抱：东面是巍峨雄伟的日月山，南面是逶迤延绵的青海南山，西面是峥嵘嵯峨的橡皮山，北面是崇宏壮丽的大通山。这四座大山海拔都在3600~5000米之间，犹如四幅高高的天然屏障，将青海湖紧紧环抱其中。从山下到湖畔，则是广袤平坦、苍茫无垠的大草原。青海湖，古代称为“西海”，又称“鲜水”或“鲜海”。藏语叫作“错温波”，意思是“青色的湖”；蒙古语称它为“库库诺尔”，即“蓝色的海洋”。青海湖面积达4456平方公里，环湖周长360多公里，比著名的太湖大一倍还要多。湖面东西长，南北窄，略呈椭圆形。青海湖水平均深约19米多，最大水深为28米，蓄水量达1050亿立方米，湖面海拔为3260米，比两个东岳泰山还要高。由于这里地势高，气候十分凉爽。即使是烈日炎炎的盛夏，日平均气温也只有15℃左右，是理想的消夏避暑的胜地。青海湖水的蓝，蓝得净，蓝得深湛，也蓝得温柔淡雅，那犹如蓝锦缎似的湖面上，起伏着一层微微的涟漪，美轮美奂。在湖边，有一尊西王母的塑像。在民间俗神信仰中，西王母是历史悠久而面貌多变的形象。

郦道元在《水经注》中描绘青海湖："水色青绿，冬夏不枯。自日月山望之，如黑云冉冉而来。"向人们展示了青海湖是一片直达天际的云梦大泽，泱泱水国。

青海湖的西北隅，有两座大小不一，形状各异的岛屿，一东一西，左右对峙，傍依在湖边。远远望去，这两个岛屿就像一对相依为命的孪生姊妹，在湖畔相向而立，翘首遥望着远方。这两座美丽的小岛，就是举世闻名的鸟岛。鸟岛，因岛上栖息数以10万计的候鸟而得名。西边小岛叫海西山，又叫小西山，也叫蛋岛；东边的大岛叫海西皮。海西山形似驼峰，面积原来只有0.11平方公里，随着湖水下降有所扩大，岛顶高出湖面7.6米。岛上鸟类数量多，约有八九万只之多。这里是斑头雁、鱼鸥、棕颈鸥的世袭领地。每年春天，斑头雁、鱼鸥、棕颈鸥等一起来到这里，在岛上各占一方，筑巢垒窝，全岛布满鸟巢。鸟岛是亚洲特有的鸟禽繁殖所，是我国八大鸟类保护区之首。是青海省对外开放的一个重要景点。每年 3 ~4 月，从南方迁徙来的雁、鸭、鹤、鸥等候鸟陆续到青海湖开始营巢；5 ~6 月间鸟蛋遍地，幼鸟成群，热闹非凡，声扬数里，此时岛上有30 余种鸟，数量达16.5 万余只；7 ~8 月间，秋高气爽，群鸟翱翔蓝天，游弋湖面；9 月底开始南迁。鸟岛之所以成为鸟类繁衍生息的理想家园，主要是因为它有着独特的地理条件和自然环境，这里地势平坦，气候温和，三面绕水。环境幽静，水草茂盛，鱼类繁多，是鸟类繁衍生息的天然场所。

美丽、迷幻的青海湖鸟岛，是鸟儿的乐园和天堂，也是青海高原的一大奇观。这幽美壮丽的鸟岛风光，这奇特的水禽生活，吸引无数的游人前来观光，引起了多少人对它的憧憬和向往。为了保护鸟岛和鸟类的资源，青海省有关单位于1975 年在鸟岛南部的布哈河正式成立鸟岛管理站。1980 年又将鸟岛划为自然保护区，现建为鸟岛国家级自然保护区，并列入联合国《国际重要湿地手册》，同时加入《水禽栖息地国际重要湿地公约》。

倘若西湖是江南美女的话，那么青海湖就是一位具有浓郁西部风情而又极具藏族特色勤劳善良的姑娘，她的名字叫卓玛。她的美，她的历史风韵，包含了文成公主的故事、王母娘娘的传说等。在神话传说里面，人们就知道，青海湖是王母娘娘的西海，而且二郎神的方天画戟也在这里炼就呢！所以青海湖还蒙上了一层神秘的面纱。

青海湖，还有一个与时代挂钩的产物，那就是环青海湖世界自行车拉力赛。这样极具现代气息的体育赛事在青海湖展开，让闻名中外的青海湖更具魅力。

来到青海湖边，仿佛听到了《在那遥远的地方》这首耳熟能详的西部情歌。姑娘卓玛也许又转过身来回眸一笑了吧！那微笑永远在高原传扬，永远那么美丽、迷人。

2002 年发行的一套三枚《青海湖》邮票

2015 年 5 月 5 日

邮驿图：中国邮政的标志

——《国家名片上的丝绸之路》稿之四

20世纪70年代初的一天，家住甘肃省嘉峪关市新城乡新城村三组的牧羊人张书信放羊时，无意间发现了一处内藏大量砖壁画的墓葬。后经证实，在嘉峪关以东至酒泉市以西20公里的范围内，共有1400多座魏晋时期（公元220~419年）的地下壁画砖墓群，被誉为“世界最大的地下画廊”。1972年10月31日，在清理5号古墓中出土了“驿使图（也称邮驿图）”，1973年8月，5号墓完整地搬迁至甘肃省博物馆陈列，至今成为国宝级文物。2001年7月5日，国务院批准该墓葬群为国家重点文物保护单位。

1982 年 8 月 25 日，中华全国集邮联合会第一次代表大会在北京开幕，为纪念这一集邮文化界的盛事，原邮电部选中《驿使图》为邮票图案，专门单独发行 J85《中华全国集邮联合会第一次代表大会》纪念小型张 1 枚，面值 1 元，小型张规格 136 毫米×80 毫米，小型张邮票规格 60 毫米×40 毫米。嘉峪关魏晋墓葬群因“驿使图”邮票小型张的走俏而蜚声海内外。取材于嘉峪关魏晋壁画，在今日的嘉峪关火车站广场上竖起了一座醒目的“驿使”雕塑。

嘉峪关地处闻名中外的古“丝绸之路”要津，也是重要的驿站。汉代沿着“丝绸之路”古道设列厅台，广置烽燧，5 里一小墩，10 里一大墩，30 里一堡，用以传递信息、公文。为了公文传递快捷便利，历代还在驿道上沿途广设驿站，供驿使休憩打尖，换乘车骑或补充给养。《驿使图》绘于公元 3 世纪前后，原画长 34 厘米，宽 17 厘米，为米色底，黑色轮廓线，马身涂黄，还有几笔红色的斑块。嘉峪关魏晋墓出土的彩绘《驿使图》，客观真实地记录了距今 1600 多年前这一地区的邮驿情形，被认为是我国已发现最早的古代邮驿的形象资料，对于中国邮政通信历史的研究具有重大的学术价值。画面上，驿使头戴黑帽，身着短衫，足蹬长靴，持缰举牍，驿骑四蹄腾空，飞速向前。仔细看就会发现驿使长得很奇怪，有眼睛、鼻子、耳朵，唯独没有嘴巴。原来送信的人，象征驿使"守口如瓶"，不能泄露，所以特地没有给他画上嘴巴。由于速度太快，以至于连马尾也飘了起来，驿使则稳坐马背，使得整幅画面动中有静，反衬出驿马速度的快捷与驿使业务的熟练，这种真实而又写意、生动、传神的手法，对后世中国的绘画艺术也产生了深远的影响。

中国驿传制度源远流长，是世界上最早建立通信组织的国家之一，古老神奇的邮驿就是中国古代的一种通信和交通形式，是穿越3000多年华夏古道上的中国文明的杰出创造。

殷商时代，甲骨文里，已有驲的本字。史籍称乘车曰馹曰传，乘马曰遽曰驿，步递称作邮。驿，本义是驿马，后引申指我国古时传送公文、人员、官物的邮政、交通工具或机构。后驿字通行，而馹字废。殷商时代，驿传制度已开始萌芽。西周时，尚未出现"驿"这一名词，但尽管如此，这种雏形对后世两千多年的中国驿传制度，产生了深远影响。秦汉时期，汉代，传舍、传置开始称作"驿"。从此"驿"这一名称，一直沿用到后代。

汉正式设有驿站，"驿马三十里一置，卒皆赤帻绛韝云"。也有10里或50里置驿的。驿传制度进一步发展，驿运管理，也称邮驿管理已有了比较严密的管理体系。

驿使公文传递，并非从早到晚不停地跑，而是每站换马或人马俱换，采用“接力跑”的办法。驿马颈下系有铜铃，听到铜铃响声，接班的驿骑就做好一切准备，接到公文，立即跃马飞奔，分秒必争，马不停蹄。唐代诗人岑参《初过陇山途中呈宇文判官》描绘的“一驿过一驿，驿骑如星流。平明发咸阳，暮及陇山头”。正是这一真实、生动的写照。邮驿是专门传递官方文书的，不负责私人信件的收递。为通信，有权势的达官贵人们自己办起了私邮，而一般的官员和老百姓只能托人捎带书信。

嘉陵关出土的魏晋时期的壁画砖：邮驿图

唐宋时代除陆驿外，水驿也大大发展，邮驿完善、成熟和发展到了一个黄金时代。元代全国驿站星罗棋布，邮驿脉络贯通，其规模和制度得到空前的发展，超出当时世界的水平。明、清驿政也曾经为朝廷管理大一统的幅员辽阔的国土发挥了重要的作用。然而近代以来，西方邮政制度和技术冲击，中国传统邮驿制度的种种弊病愈益暴露。明清以来驿递之疲，千疮百孔，百弊丛生，民不聊生，光绪三十二年（公元 1906 年）设立邮传部。兴办新式邮政呼之欲出，此后，原有的驿站相继被裁撤，古老神奇的邮驿制度最终走向衰亡，代之而行的是现代的邮政运作制度。

古老神奇的邮驿制度，被一些史学家称之为“国脉”。明代学者胡缵宗在《愿学编》一书中曾经指出：“今之驿传，犹血脉然，宣上达下，不可一日缓者。”当时的兵部也曾多次强调：“驿递，天下之血脉也……血脉之关通必赖邮传之递送也。”伟大的中华文明在世界民族之林，能历久不衰，焕发出蓬勃的生机，与一个健全的、大一统的邮驿系统有着密切的关系。

今天，《邮驿图》的象征作用还在继续发展，它已被确定为中国邮政的标志，表明要严守公文信件的秘密这一基本的职业操守。从 J85 小型张开始，《邮驿图》悄然成为中国邮政的“形象大使”。新中国邮政储蓄 1986 年恢复开办，原国家邮政储汇局于1994年起发行首款全国通存通兑银行借记卡性质的储蓄绿卡，卡面又选用了文化底蕴深厚的《邮驿图》。特别是《邮驿图》脸上五官唯独缺少了嘴巴，意在表明昔日驿传的保密性，借以宣传今天邮政储蓄安全、可靠的服务特点。《邮驿图》邮政储蓄绿卡一直续发再版，成为中国网点最多、网络覆盖面最广的金融借记卡之一。近年来更伴随“中国银联”网络的延伸，涉足亚洲、北美、欧洲的部分国家和地区，再一次向世界展示《邮驿图》的魅力和作用。

2015年5月16日

悲情文学家曹植

——《国家名片上的丝绸之路》稿之五

黯淡了刀光剑影，远去了鼓角争鸣。

在我国辽阔的历史天空中，闪动着许许多多璀璨耀眼的古代明星。而这些历史名人的涉及范围也非常广泛，其中包括科学家、改革家、军事家、政治家和文学家等。为了纪念这些历史名人，国家邮政部门相继发行过许多以他们为主题的专题系列邮票。《中国古代文学家（第二组）》纪念邮票是我国在1994年6月25日发行的第二套古代文学家系列邮票，全套4枚，分别为陶渊明、曹植、司马迁、屈原，就是其中之一。这套邮票的第二枚是文学家曹植。

曹植（公元192～232），字子建，沛国谯（今安徽省亳州市）人，是曹操妻子卞氏生第三子，曹丕的同母弟，封陈王，谥思，世称陈思王。是三国时期曹魏著名文学家，建安文学的代表人物。代表作有《洛神赋》《白马篇》《七哀诗》等。后人因其文学上的造诣而将他与曹操、曹丕合称为“三曹”。其诗以笔力雄健和词彩画眉见长，留有集30卷，已佚，今存《曹子建集》为宋人所编。曹植的散文同样也具有“情兼雅怨，体被文质”的特色，加上其品种的丰富多样，使他在这方面也取得了卓越的成就。南朝宋文学家谢灵运有“天下才有一石，曹子建独占八斗”的评价。《诗品》的作者钟嵘亦赞曹植：“骨气奇高，词彩华茂，情兼雅怨，体被文质，粲溢今古，卓尔不群。”王士祯尝论汉魏以来2000年间诗家堪称“仙才”者，曹植、李白、苏轼三人耳。

曹植自小非常聪慧，才10岁出头，就能诵读《诗经》《论语》及先秦两汉辞赋，诸子百家也曾广泛涉猎。他思路快捷，谈锋健锐，进见曹操时每被提问常常应声而对，脱口成章。曹操曾经看了曹植写的文章，惊喜地问他：“你请人代写的吧？”曹植答道：“话说出口就是论，下笔就成文章，只要当面考试就知道了，何必请人代作呢！”

黄初三年（公元222年）四月，31岁的曹植被封为鄄城王，邑二千五百户，也就是在这次被封王之后回鄄城的途中，他写下了著名的《洛神赋》。在《洛神赋》中，诗人从京都洛阳出发，向东回归封地鄄城，背着伊阙，越过轘辕，途经通谷，登上景山。描摹了一位美丽多情的女神形象，把她作为自己美好理想的象征，寄托了自己对美好理想的倾心仰慕和热爱；又虚构了向洛神求爱的故事，象征了自己对美好理想梦寐不辍的热烈追求；最后通过恋爱失败的描写，以此表现自己对理想追求的破灭。

曹植的创作以建安二十五年（公元220年）为界，分前后两期。前期与后期内容上有很大的差异。由于前后期生活境遇的不同，表现这方面内容的作品，其情调、风貌也有明显的不同。前期以《白马篇》为代表，它塑造了一个武艺高强、渴望卫国立功甚至不惜壮烈牺牲的爱国壮士的形象，充满理想和抱负，洋溢着乐观、浪漫的情调；后期以《杂诗》为代表，更多地表现了壮志不得施展的愤激不平之情。他的诗歌，既体现了《诗经》“哀而不伤”的庄雅，又蕴含着《楚辞》窈窕深邃的奇谲；既继承了汉乐府反映现实的笔力，又保留了《古诗十九首》温丽悲远的情调。曹植的诗又有自己鲜明独特的风格，是诗歌史第一位大力写作五言诗的人，完成了乐府民歌向文人诗的转变，推动了文人五言诗的发展。

1994 年发行的曹植纪念邮票

人们皆知的曹植“七步诗”广为流传：“煮豆燃豆萁，豆在釜中泣。本是同根生，相煎何太急？”（见于《三国演义》版），然而这首诗不见于陈寿的《三国志》，最早见于南朝刘义庆的《世说新语·文学》。《世说新语》记载着魏文帝曹丕妒忌曹植的才学，命曹植在七步之内作出一首诗，否则将被处死，而且对诗有严格要求：诗的主题必须为兄弟之情，但是全诗又不可包含兄弟二字。曹植在不到七步之内便吟出："煮豆持作羹，漉菽以为汁。萁在釜下燃，豆在釜中泣。本自同根生，相煎何太急?"但此诗是否为曹植所著，至今仍有争议。

曹植这位历史上既是驰骋沙场、叱咤风云的枭雄武将，也是当之无愧的风流倜傥、才华横溢的旷世文豪，还是最负盛名的悲情人物。时年 41 岁，曹植在忧郁中病逝，值得人们回味叹息。由于曹植生活的不幸，后期他逐渐能体会到一些下层人民的痛苦，也写出了个别反映人民疾苦的诗篇。

曹植作为建安文学的集大成者，对于后世的影响很大。在两晋南北朝时期，他被推尊到文章典范的地位。

2015 年 5 月 8 日

克拉玛依：一个动人的神话

——《国家名片上的丝绸之路》稿之六

传说在20世纪50年代初期，一个叫赛里木的老头，赶着毛驴车在戈壁滩中砍柴。在茫茫戈壁中经过几天的行程，意外发现了一个山丘上到处流着黑色的液体，但不知何物，他便试着用布蘸了一点擦在车轱辘里，车轮马上不咯吱咯吱地响了，车子也神奇地轻快多了。老人用葫芦带回了一些这种黑色的液体，乡亲们觉得好奇就四处传开了。当时正在寻找石油的勘探者听到了消息，在老人的带路下，找到这块叫“黑油山”的地方，由此拉开了克拉玛依石油会战的序幕。

为发扬艰苦创业精神，新疆石油管理局和克拉玛依市

1982年10月1日在黑油山竖立了近3米高的石雕纪念碑和一尊维吾尔老人骑着毛驴弹奏的塑像。

1955年10月29日，克拉玛依黑油山1号井完钻出油，标志着新中国第一个大油田——克拉玛依油田被发现。会战初期，人们习惯称为“黑油山油田”。1956年2月下旬，时任新疆维吾尔自治区党委第一书记王恩茂、自治区主席赛福鼎到油田视察，提议按照维吾尔语的读音，将“黑油山油田”更名为克拉玛依油田。“克拉玛依”系维吾尔语“黑油”的译音。克拉玛依油田位于新疆准噶尔盆地西北缘，其钻探的第一口井在独山子油矿北约130公里处，有一座“沥青丘”，这里像山泉一样流出黑色的原油。

自克拉玛依1号井喷出高产油气流，从此揭开了新疆石油工业发展的序幕。1960年，克拉玛依油田原油产量达到166万吨，占当年全国原油产量的40%，成为新中国成立后发现的第一个大油田。20个世纪90年代和本世纪初，是克拉玛依油田快速发展时期，油气储量稳步增长，尤其是近5年，平均每年探明石油储量近8000万吨。2002年原油年产突破1000万吨，成为我国西部第一个千万吨大油田。到2008年，原油产量实现自1981年以来连续28年稳定增长，最高年产量达到1221万吨。为保持油田稳产高产，实施大规模的老区二次开发工程，使开发了几十年的老油田依然保持活力。从 2002 ~ 2012 年，克拉玛依油田已连续十年年产原油保持在 1000 万吨以上。到 2015 年油田将实现年产油气当量 1540 万吨，其中原油产量 1300 万吨，成为建设“新疆大庆”的重要力量。至此，克拉玛依油田开发以来，原油总产量紧随大庆油田、胜利油田和辽河油田，在中国陆上油气田中排名第四。截至 2014 年 12 月 31 日，克拉玛依油田年累计生产原油 1180 万吨、天然气 27.1 亿立方米。这是克拉玛依油田连续 13 年原油产量稳产在 1000 万吨以上。克拉玛依油田是中国石油集团公司“四个大庆”战略任务中的新疆大庆，具有重要的战略和经济地位。

2015 年，克拉玛依油田迎来勘探开发 60 周年。经过 60 年的勘探开发建设，克拉玛依油田相继发现百口泉、乌尔禾、玛湖、石西、克拉美丽、盆五、滴西和吉木萨尔等近 30 多个油气田，累计生产原油超过 3 亿吨。

1985 年 10 月 1 日，为了庆祝新疆维吾尔自治区成立 30 周年，邮电部发行编号 J119，全套 3 枚的《新疆维吾尔自治区成立三十周年》纪念邮票。其中，第 2 枚是双画面邮票——《油田 · 天池》。《油田 · 天池》邮票，图案由两个画面组成，各自成章，票幅 60 毫米 × 30 毫米，左边画面是朝阳照耀着的

克拉玛依油田，右边画面是天山天池。截然不同的两幅画面，既有宏伟的建设场面，又有神奇的河山美景，达到了相辅相成的艺术效果。

这种设计是新中国邮票第一次，也是至今唯一一次双画面邮票。

1955 年，伴随着新中国第一个大油田——克拉玛依油田的诞生，一座崭新的石油城市在戈壁荒原上神奇般地拔地而起。1958 年 5 月经国务院批准设立的克拉玛依市，为新疆维吾尔自治区直属地级市。地处准噶尔盆地西北缘，下辖克拉玛依、独山子、白碱滩、乌尔禾四个行政区，总面积 7733 平方公里，人口已发展到 40 余万人，是世界上唯一以石油命名的城市。1958 年 9 月 11 日，朱德委员长视察克拉玛依时高兴地赞扬道："3 年时间，在荒凉的戈壁滩上建立起一座 4 万人口的石油城市，这是一个很大的成绩，也是一个很动人的神话。"

克拉玛依，这个动人的神话，美丽的名字，伴随着一曲《克拉玛依之歌》传遍大江南北，冲出了国门。20 世纪 80～90 年代陆续探明百口泉、红山嘴、乌尔禾、夏子街、火烧山、北三台、彩南、石西和玛湖等一批油气田，进入新世纪又相继找到陆梁、石南、莫索湾和安集海等油气田，油气勘探连年获得重大突破。

经过60年的艰苦创业，克拉玛依神话还在继续演绎和发展。昔日的戈壁荒滩，已奇迹般地成为一个具有勘探、钻井、采油、炼油、输油、建筑、运输、机修制造等门类齐全的石油工业生产基地和科研、文教卫生、商业贸易、公共事业配套、生态文明的现代石油工业新城。

1985年发行的《新疆维吾尔自治区成立30周年》纪念邮票全套3枚，其中第二枚是双画面邮票——《油田·天池》。

克拉玛依市的现代化程度也越来越高。克拉玛依市已成为西北第一个全国“数字化城市管理试点地区”。百姓幸福指数节节攀高，克拉玛依市的人均 GDP 连续多年排名全疆第一，2013 年就达到 36671.75 美元，仅从这一数字，可以看出克拉玛依人的富裕程度。

克拉玛依市的城市环境是名副其实的水清天蓝。近年来，克拉玛依市的空气优良级天数始终保持在 362 天以上，不但在新疆名列前茅，而且连续多年跻身全国十佳空气质量城市。绿地面积达 3000 多公顷，绿地率超过 40%，绿化覆盖率达到 50%。在全国环境评比中，这座城市所获得的荣誉已无法数清。2010 年，克拉玛依市在全疆率先实现了全面建成小康社会的目标。

如今，当年的开拓者何曾想到，在他们抡起镐头的戈壁荒滩上，会挺立起一座世界闻名的现代化石油城？而且这美丽动人的神话还在继续……

2015 年 5 月 18 日

青藏铁路：世界屋脊的“天路”

——《国家名片上的丝绸之路》稿之七

一条条巨龙翻山越岭
为雪域高原送来安康

那是一条神奇的天路
带我们走进人间天堂
那是一条神奇的天路
把人间的温暖送到边疆
从此山不再高路不再漫长
各族儿女欢聚一堂
……

这首传遍大江南北、神州大地的歌曲《天路》，形象生动地反映了藏汉各族同胞欢庆青藏铁路建成通车的喜悦和赞美之情。

被誉为“天路”的青藏铁路东起青海西宁，南至西藏拉萨，全长1956公里，是实施西部大开发战略的标志性工程，是中国新世纪四大工程之一。一期工程，青藏铁路青海省西宁至格尔木段846公里，1958年9月开工建设，翻过崇山峻岭，越过草原戈壁，穿过盐湖沼泽，西至昆仑山下的戈壁新城格尔木，虽然受当时工程技术水平和国家财力困难所限，以及受“大跃进”和“文化大革命”时期的时建时停影响，但是，终于到1979年铺通，1984年5月投入运营。二期工程，青藏铁路东起青海格尔木，西至西藏拉萨市，全长1142公里，其中新建线路1110公里，2001年6月29日正式开工。2006年7月1日，青藏铁路通车试运营。2007年7月1日正式运营。

2001年6月29日，是西藏各族人民永远难忘的日子，举世瞩目的青藏铁路二期工程开工典礼，在青海省格尔木市和西藏自治区首府拉萨市同时举行。时任国家主席江泽民为青藏铁路开工发来贺信。时任国务院总理朱镕基亲临格尔木市，宣布青藏铁路全线开工。自青藏铁路开工建设以来，10万建设大军，5年征战，在地球之巅，攻克、战胜“多年冻土、高寒缺氧、生态脆弱、天气恶劣”四大世界性难题。建设者日夜奋战，穿越戈壁昆仑，飞架裂谷天堑，横穿千年冻土，翻过唐古拉山，将一个个奇迹定格在青藏高原，建成了世界海拔最高、最长、最先进的高原铁路——青藏铁路。2014 年 7 月，青藏铁路的延伸线——拉萨至日喀则铁路建成通车。据专家称，未来西藏有望建设两条日喀则至尼泊尔边境的铁路线，作为国家“一带一路”战略组成部分。

青藏铁路如何应对冻土层融化，确保铁路行车安全，是铁路科研、设计和施工人员重点解决的难题。青藏铁路施工主要采取了对于地质复杂地段，线路尽量绕避。对于不稳定冻土区的高含冰量地质，采取了以桥代路、片石通风路基、通风管路基、碎石和片石护坡、热棒、保温板、综合防排水体系等措施。冻土攻关取得重大进展，青藏铁路的冻土研究基地已成为中国乃至世界上最大的冻土研究基地。

在“生命禁区”挑战极限，青藏铁路首创了旅客列车供氧系统，采用弥散式和分布式相结合方式，解决旅客高原缺氧问题。弥散式供氧可使车内氧浓度达到 23.5% ~25%，在翻越海拔 5072 米的唐古拉山时，旅客吸入氧气量相当于海拔 3600 米以下。分布式供氧可使氧浓度达到 38% ~47%，旅客吸入的氧气量相当于海拔 1800 米以下。

青藏铁路的施工要穿过青藏高原上的两个自然保护区——

三江源自然保护区和可可西里自然保护区。这里被世界自然基金会列为“全球生物多样性保护”的最优先地区。建设者珍爱青藏高原一山一水、一草一木，青藏铁路施工场地、便道、沙石料场的选址都经反复踏勘确定，尽量避免破坏植被；在施工时采用逐段移植的方法，进行人工培植草皮。在全国工程建设中首次引进环保监理，首次与地方环保部门签订环境保护责任书；在铁路建设史上首次提出“创质量环保双优”的目标；首次为野生动物开辟迁徙通道，不惜耗费巨资两次停工为藏羚羊让道。位于可可西里国家级自然保护区的清水河特大桥，就是青藏铁路专门为藏羚羊等野生动物迁徙而建设的。

与普通旅客列车不同，青藏铁路首次在铁路客车上实现废水污物零排放。青藏铁路旅客列车将不向车外沿途排便。列车的厕所采用真空集便装置，废物废水都有专门的回收设备，车到终点后由污物车抽运送走处理；列车也不向沿途丢弃垃圾，车上有列车专用垃圾压缩机。

如何在严酷的高原恶劣天气环境下，确保建设者生命健康安全，是一项没有成功范例的世界性难题。铁路建设总指挥部提出了“先生存，再生产”的口号。为增强职工体能，指挥部实行每个职工每天要喝一袋鲜奶的“牛奶工程”。高原温差大，上厕所也成为“要命的事”。因为晚上工人起床上厕所会因为气温过低而感冒，缺氧的环境下感冒很可能会转化成脑水肿或肺水肿，直接要命。于是在无人区发明建造了独特的“木头房子流动式的活动厕所”。晚上推到宿舍门口，白天再推走。职工感冒发病率大大减少。

青藏铁路列车分普通客车和观光列车两种，普通客车的作用主要起输送乘客的目的，是纯粹的交通工具。观光列车就像泰坦尼克号之类的豪华邮轮，兼有了旅游的性质，每到一处胜地美景，可停下来逗留、拍照。观光豪华列车，有着美观装饰的单人或家庭包间、舒适的可调节的沙发椅，四面敞亮地安装了紫外线防护膜的观景车窗，还有周到体贴的服务。乘坐这等列车如同住进五星级宾馆，悠闲自在地进出西藏，那是一种令人心驰神往的享受。

一位法国著名女探险家大卫·妮尔在1923年穿越西藏腹地时曾预言：“毫无疑问，将来准会有一天，横穿亚洲的快车，将把坐在非常舒适的豪华火车车厢里的旅客运往那里。”这一天，终于好梦成真，我们中国人的豪华快车，穿越青藏高原，来了！

青藏铁路纵贯青海、西藏两省区，是沟通西藏、青海与内地联系的具有战略意义的通道，也是西部腹地路网骨架的重要组成部分，更是今后建设区内路网的骨干铁路。青藏铁路的建成通车，填补我国西部铁路网的空白，形成北京—兰州—拉萨的运输大通道，对促进西藏和青海的资源开发，加强西藏与内地的联系，增进民族团结、维护社会稳定，都具有重大意义。青藏铁路的建成，将形成西藏铁路、公路和航空的立体化交通，彻底解决“进藏难”“出藏难”的问题，对改变青藏高原贫困落后面貌，增进各民族团结进步和共同繁荣，促进青海与西藏经济社会发展产生广泛而深远的影响。进一步巩固平等团结互助的民族关系；有利于中国边疆的稳定和国防的加强；也有利于少数民族人民当家做主地位的体现和国家政权的巩固。

青藏铁路——世界屋脊的“天路”

中国集邮总公司为纪念青藏铁路开工建设，于 2001 年 12 月 29 日发行《青藏铁路开工纪念》纪念邮票小型张首日封一枚，面值 8 元。邮票图名为：青藏铁路开工纪念。

2006 年 7 月 1 日国家邮政局又特别增加发行《青藏铁路通车纪念》邮票一套，共 3 枚，邮票图名分别为穿越可可西里、翻越唐古拉山、拉萨火车站。“穿越可可西里”展现水平如镜的碧池、广袤无垠的草原和远处平铺高原波澜不惊的湖泊。“翻越唐古拉山”表现的是世界最高的铁路地段，海拔 5068 米。这里空气稀薄，气候恶劣，人们看到连绵的雪山，壮美的雪域风光。“拉萨火车站”坐落在一座巨大的山体中间，远处可看到雄伟的布达拉宫若隐若现。

一条铁路，开工建设和建成通车，分别出两次邮票，这在我国邮票史上也是罕见的，足见青藏铁路的意义重大和独特。

要奋斗总会有牺牲的。青藏铁路西宁至格尔木段建设，在海拔 3700 米，仅 4 公里的关角隧道施工中就有 55 名英灵长眠在工地。1973 年到 1984 年建设青藏铁路一期工程的时候，铁道七师和十师在这里留下了 10 个陵园，约有 400 多名战士长眠在这里。

今天，当人们安稳、舒适地坐着行驶在青藏铁路的火车上，尽情领略西藏独特的风土人情时，请不要忘记向那些为了这伟大工程，而献出生命的英烈们致敬……

2015 年 5 月 30 日

交通风景

jiaotong fengjing

拜谒汉中

——在汉中公路管理局路韵文学社成立大会上的讲话

各位领导、各位同人、各位朋友：

很高兴参加汉中公路管理局路韵文学社成立大会。昨日是冬至，按照我们中国的节气，冬至就是交九头一天，一年最冷的季节“数九”寒冬开始了。可我们看到一路上虽寒气砭骨，这里却春意盎然，这就是文学的力量。

我首先，以我个人的名义并代表陕西省交通作家协会对汉中公路管理局路韵文学社的成立，表示热烈的祝贺！对聘任我为汉中公路管理局路韵文学社顾问表示衷心的感谢。同时向莅临成立大会的汉中市作家协会的领导和嘉宾表示诚挚的欢迎和感谢。

汉中作为国家历史文化名城，这是一个神奇美丽而令人向

往的地方。汉中自古称为“天府之国”“鱼米之乡”，有“汉家发祥地，中华聚宝盆”之美誉。被公认为是地球上同一纬度生态最好和最适宜人类居住的地区之一。

早在商朝时期，这里就有了人类生息劳作的记录，在漫长的历史长河中，汉中又成为兵家必战之地，汉高祖刘邦“明修栈道，暗渡陈仓”，完成统一大业，特用“汉”字为号，建立汉王朝，留有古汉台、拜将坛、张良庙、饮马池等遗址。自此，汉中就和汉朝、汉人、汉族、汉语、汉文化等称谓一脉相承，紧密相连直至当今。三国时期诸葛亮屯兵汉中，六出岐山，死后葬于勉县定军山下，其武侯墓、武侯祠彪炳青史。汉中，这里有丝绸之路开拓者张骞的故里、四大发明造纸术发明家蔡伦的封地和葬地。韩信、诸葛亮、曹操等帝王将相曾在这里建功立业，李白、杜甫、岑参、元稹、李商隐、陆游、苏轼等文人墨客曾出入、辗转生活在这片土地上，并留下了瑰丽的千古墨迹诗章。

著名文化学者余秋雨说：“汉中这样的地方不来，那就非常遗憾了。因此，我有一个建议，让全体中国人都把汉中当作自己的家，每次来汉中当作回了一次家。”所以我说，我作为一个说着汉话，写着汉字，读着汉字写的书的汉民族的一员，每次来汉中，都是抱着敬畏和虔诚，来拜谒老家，拜谒汉中，来寻根祭祖。

远的不说，现当代汉中也走出了像张世杰、王蓬、刁永泉、李汉荣、丁小村等一批比较有名的作家、诗人。他们的作品在省内外，甚至国内外都产生了一定的影响，为汉中和陕西文学事业做出了贡献。受汉中这块厚重的历史、文化沃土熏陶和专业作家、艺术家们的影响，汉中公路系统也涌现出了张继平、刘贵成、王书敏、王丽红、徐立生、阎刚、张守明、何忠莲等一批业余摄影家和业余作者，为汉中的公路文化做出了贡献，为陕西的交通文化注入了活力。我作为你们的朋友，祝福你们，感谢你们！

今天，在座的恐怕绝大部分都是汉族人，我们站在这块曾诞生汉民族古老而神奇的土地上，追思前贤，进行文化交流，探寻文学真谛，研文论艺，以文咏志，以文会友，讴歌交通，感悟人生，为发展、繁荣公路文化和交通文学而成立文学社，具有十分特殊的重要意义。

陕西交通作协作为一个普通的行业作协组织，本着有所为有所不为的原则，愿力所能及、积极主动地为汉中市和全省广大交通作者做好沟通、协调、联络和服务工作，也衷心地希望汉中公路管理局路韵文学社在汉中公路管理局党政领导下，经常与省交通作协、汉中市作协及其他协会和各种媒体保持密切联系，积极主动地提供信息和作品。群众社团组织的生命在于活动，活动的持久在于能力的提升。路韵文学社要在自觉自愿的基础上，团结、发动汉中市更多的热爱写作的公路交通作者，与文学结缘，以文学为伴，面对公路交通建设主战场，通过开展培训、研讨会、讲座、诗会、采风采访、主题写作、办刊物和出书、作品展等各种形式的活动，让全省交通行业和社会了解路韵文学社，了解汉中公路人，为汉中公路文化的发展和繁荣做出自己的贡献。

各位同人、各位社员朋友：我们都是业余作者，有为才能有位。首先每位社员要兢兢业业干好本职工作，加强自身的学习和道德修养，利用业余时间搞好文学创作。发展交通文学任重而道远，办好文学社，要走的路还很长，需要各级领导和广大社员的鼎力支持。习近平总书记在全国文艺座谈会上说："文艺工作者应该牢记，创作是自己的中心任务，作品是自己的立身之本，要静下心来，精益求精搞创作，把最好的精神食粮奉献给人民。"我们虽是业余作者，也要排除干扰，静下心来，不辱使命，下大气力创作出更多更好的无愧于时代，无愧于行业的交通文学作品！

谢谢大家！

2014 年 12 月 23 日

山河表里潼关路

峰峦如聚，波涛如怒，山河表里潼关路。
望西都，意踌躇。
伤心秦汉经行处，宫阙万间都做了土。
兴，百姓苦；亡，百姓苦。

这首元代诗人张养浩著名的《山坡羊·潼关怀古》曲子，描绘了外有黄河、内有华山的潼关，山峦叠嶂，怒涛汹涌的雄伟险要的地势。诗人驻马潼关西望关中故都长安，感慨横生。当年秦、汉、隋、唐等建都的故都，是何等的繁华、昌盛？抚今追昔，伤感的是历朝历代在这里一次又一次建造的“宫阙

万间”如今都化成了泥土。历史上无论哪朝哪代的兴还是亡，受苦的总是老百姓啊！

古时，三秦大地四座雄关，扼居要道。雄踞于古代陕西中部的东潼关、南武关、西散关和北萧关被称为秦地四大关隘。这些历史名关连接着漫漫交通要道，汇聚于古时政治、经济和文化中心的京都长安，又通往古代中国的四面八方。这四关之中的地域，因群山环抱，四面关隘，而得名关中。秦汉以后，由于四方关隘均设官吏把守管理，凡行人车马过关，都要检验过所凭证，使关中久治平安，稳如泰山，多次避免关外的烽火战乱。被史家称为“金城千里”“四塞之国”。

潼关，建关在这四关中最晚，却为关中四关之首，居中华十大名关第二位。潼关以水得名，《水经注》记载：“河在关内南流潼激关山，因谓之潼关。”潼浪汹汹，故取潼关关名，又称冲关。东汉以前并未设置关城，东汉末年，曹操为防御关西兵乱，于建安元年（公元 196 年）始设潼关，并同时废秦在河南灵宝县创建的函谷关。潼关关城始设于汉，在港口以南塬上，即今杨家庄附近。隋大业七年（公元 611 年），移关城于今杨家庄南城北村一带。唐武则天天授二年（公元 691 年），潼关又从塬上北迁到塬下，沿河辟路，也就是现在的潼关。历代各朝统治者都在这里驻屯重兵，设关把守。现在的潼关，经宋、明以来多次修葺，尚有保存。西门有明代建筑的门楼，俗称“樵楼”，宏伟壮观。

潼关雄踞秦、晋、豫三省要冲，号称“公鸡一鸣闻三省”。

函谷关废弃之后，汉、隋、唐等王朝在关中建都时期，潼关是这些王朝京都长安的重要东大门。它因其北带渭、洛水汇黄河抱关而下之要；南依秦岭，有潼关十二连城禁固而诸谷之险；东、南山峰连接，谷深崖绝；中通羊肠小道，险扼峻极。素有“畿内首险”“四镇咽喉”“百二重关”之称。诗圣杜甫在《潼关吏》一诗中曾以“丈人视要处，窄狭容单车。艰难奋长戟，万古用一夫”，道出了潼关的峻险和雄奇。

西周建国后，虽还未设置潼关，但一条连接长安的东大道成为宗周镐京与成周王城间的车马大道。设置潼关后，潼关道是横穿古代中国腹地连接长安——洛阳的轴心大通道。唐代为上都长安、东都洛阳间大驿路，交通地位居诸驿路之冠。

潼关是关中的东大门，历史上，潼关自一设关，历来为兵家必争之地，战事频繁，风烟滚滚。今日登上潼关城，不禁令人有凭吊这座古战场之感。

东汉末年，曹操与马超战于潼关，马超据关隘抗曹军，后曹操凭其智谋巧妙地夺取了潼关。北周末年，杨坚在洛阳篡位

立隋时，曾密遣杨尚希扼守潼关，以解其西顾之忧。唐中叶安禄山反唐攻占洛阳，进逼潼关。唐王朝为了防御安禄山叛乱，派20万大军把守潼关，本应击败安禄山叛军不是问题。可唐玄宗听信杨国忠谗言，遭叛军埋伏，虽官军奋勇抗敌，还是失败丢弃了潼关。唐玄宗带着杨贵妃仓皇逃离。安史叛军就是沿长安东大道即潼关道攻陷长安。唐末黄巢起义军也是由潼关十二连城进兵，攻破潼关，“甲骑如流，辎重塞途，千里络绎不绝”，直入长安。潼关道也戏称亡唐之路。宋代“靖康之变”后，潼关为金所占，金朝后来为蒙古军队逼迫，迁都汴京，将兵力完全集中潼关附近。有人曾对蒙古铁木真说：“金廷居汴将20年，所持以安者，唯潼关、黄河耳!”后来，当蒙军包围汴京时，首先夺取潼关。元朝末年，朱元璋攻破潼关，从而平定陕甘。

抗战时期，潼关始终处于战争的最前沿，以潼关为代表的黄河河防战役，日军轰炸、炮轰潼关近8年，用了炮弹、炸弹上万颗。飞机轰炸、隔河炮击、渡河与反渡河等战事，几乎天天都在发生。1944年5月31日上午，日军海军航空队出动36架战斗机、18架轰炸机狂轰潼关。潼关以东抗日前敌总指挥李延年命令驻守潼关的空军缩编33中队出击抗敌，共击落日机14架。中国空军在潼关保卫战中，立下了赫赫战功。潼关军民同仇敌忾，展开的潼关保卫战，正如潼关城一块横匾所书："关门扼九州，飞鸟不能逾"，使日本侵略军的铁蹄始终未踏进潼关，潼关真正成为不倒的雄关！解放战争时期，人民解放军陈谢兵团南渡黄河，在潼关洛阳段机动作战，开辟了豫陕鄂根据地，为解放战争的最后胜利奠定了基础。

在新的历史发展时期，潼关已成为西部大开发的桥头堡，扼守陕西的东大门。

2006 年、2007 年前后，黄河两岸的"两西"即陕西和山西人民及交通建设者，为了推动和做好两省沿黄河地区对外开放、能源开发、旅游发展、生态改善、防汛抢险和物资交流，分别规划启动了沿黄公路建设。黄河东岸的山西沿黄公路，已建成并初具规模，为山西人民的经济发展和民生福祉，正在发挥着积极的作用。人民群众引颈以待的黄河西岸的陕西沿黄公路，也正在风生水起，加快建设，2016 年收官。

如今，陇海铁路、同蒲铁路和高铁动车组交会于潼关城西，310 国道、101 省道、西潼高速公路穿境而过。风陵渡黄河公路大桥、黄河铁路大桥，再加上这即将建成的沿黄公路，至此，黄河天堑和昔日"畿内首险，三秦镇钥"的潼关真正变为了通途。

2015 年 7 月 30 日

我评交通干部“回乡见闻”文稿有感

从2012～2014年，我连续三年受命，对陕西交通干部利用春节假期回乡所撰写的“回乡见闻”文稿进行评奖。2014年我们陕西交通作协又根据省厅领导要求，对2013年、2014年评出的陕西交通干部“回乡见闻”文稿的优秀作品，编辑汇编成册，主编出版了《行走希望的土地——陕西交通干部“回乡见闻”优秀作品选》一书。从2014年开始，陕西省政府办公厅将机关干部撰写“回乡见闻”活动常态化，将见闻范围扩大到社区、学校和企业等基层，并建立优秀文稿评比表彰机制。

今年春节一过，省交通运输厅办公室又陆陆续续把一大堆

2015 年交通干部“回乡见闻”文稿电子版发来，让我进行评奖，并要求先评选出 10 篇优秀文稿报省政府办公厅参评。

好家伙，仿佛陕西交通系统的干部们今年回家乡、下基层、到社区，察民情、听民声、知民意的积极性和热情极大激发起来了，“回乡见闻”文稿，一下比往年增加了许多，我收到了就有 400 多篇。

有人问我：“你凭什么评选人家交通领导干部的‘回乡见闻’文稿？你评选的原则标准是什么？”

是啊，我凭什么呢？我评选的原则标准是什么呢？

根据陕西省政府办公厅的文件要求和精神，我提出了三条评奖原则标准：确实回乡了，下基层了，文稿有真情实感；能发现问题，分析问题并尽量能对发现的问题提出解决的意见或建议；略有文采。

凭着这三条原则标准，确实有些交通领导干部“回乡见闻”文稿，撰写得不错。

譬如：

2013 年一位处长写的《城边村的发展和希望》文稿，作者怀着对家乡的深情与期望，写出改革开放后家乡发生的巨大变化和农村大年三十家家户户上坟祭祖宗的壮观景象。家乡人增多了，地减少了；卖地分了钱，经济发展了；生活条件改善

了，农民想干啥，就干啥，不看谁的脸色了。但是家乡的社会不公、社会保障太少、养老咋办，冬天取暖等等问题也日益暴露出来，亟待解决。

今年一位省局的副局长写的《阳坪人的喜与忧》文稿，写出他对家乡的喜与忧。喜的是，表妹当了小老板，开上了宝马车，笑容中，他看到家乡人生活状态有了极大的改善。人们生活满足，体会到了幸福感。忧的是，原来家乡井水甘甜，沁人肺腑，后来有人在家乡投资建起了选矿厂，几年间，村里有几个青壮年人患癌症相继离世，村里也就有了吃井水得怪病一说。作者呼吁家乡人吃了这井水，不再得怪病；祝愿家乡的明天，还如年少时的晴天碧水、无忧无虑……

今年一位交通企业的老总写的《家乡的巨大变化暴露的问题不容忽视》文稿，提出的家乡农村发展中暴露的问题，各级政府确实应高度重视：房屋建设速度很快，但建房却是为了拆房，要拆迁费，建设的目的被扭曲了；房屋建多了、耕种的土地少了，房屋利用率更低了；农村道路有了很大变化，养管却不到位；生活富裕了，居住环境更差了；作风建设成效明显，政府节约的钱哪儿去了？

今年一位副主任写的《难忘榆林四合院》文稿，从另一个角度，对他家乡榆林的大发展，提出了自己的忧虑和思考。

近些年，榆林的发展被称之为“中国科威特”。这里的高房价和高消费成了人们津津乐道的话题。城市里高楼林立，但作为一个历史文化名城，这个城市似乎有些顾此失彼了。在现如今这个高速发展时代的裹挟下，榆林也未能幸免。最能代表榆林味道的老城区，近些年不断被蚕食，而曾经令人惊叹的明清四合院，原来有几千座之多，现在仅存几座，且破败不堪。现在是车多了，路窄了；楼多了，四合院烂了少了；煤多了，蓝天少了；钱多了，文化少了。作者建议城市化的发展中应该多保留些文化遗产，四合院也是榆林生命的一部分，它应该是古城榆林的“魂”；这座立于沙漠中的城市应该文化与经济同步发展。

但是，我们有些可爱的交通领导干部写的“回乡见闻”文稿，却和这三项原则标准难以挂钩。

有的从文稿中看不出作者回乡了，或下基层了，却笼而统之大谈感慨、大讲道理、大发议论；有的文稿写得还不错，就是不敢披露作者的家乡在哪里；有的文稿错别字忒多，甚至连标题都有错别字；有的文稿干脆就一页半纸上百字，应付交差。

譬如：

一位企业集团的领导写的《请对高速公路行业多一分理解》文稿，看不出作者是回乡了、下基层了还是到社区了，而大谈高速公路收费的合理性和必要性。其实，讲这些道理都是对的，但却不符合“回乡见闻”文稿的要求。

还有一位处长写的《故乡，想说爱你不容易》文稿，文笔、内容都不错，就是文中看不出作者的家乡在哪里。这样怎能证明作者在写“回乡见闻”呢？

另有一位副主任的文稿《淳如诗，美如画》，标题、文笔、内容都不错，就是标题有错别字。把“美如画”写成“美如化”了，一下倒了人的胃口。

面对这些可爱的领导干部，我想说不评你没商量，评你不容易啊！

也难为我们的交通领导干部了。忙忙碌碌了一年，好不容易盼到了春节7天假，既要和家人团聚，休养放松，又要回家乡、下基层、察民情、听民声、知民意，撰写“回乡见闻”文稿。可真是难能可贵了！

作为连续四年陕西交通干部“回乡见闻”文稿的评奖者和这一活动的见证者，我衷心地希望来年这一活动的组织者和撰写者，能够重视问题，改进不足，使我们的“回乡见闻”文稿质量更上一层楼！

2015年3月15日

一个文学追梦人

——写给文友祁军平的话

祁军平要出书了。

春节前他把他的书稿《梦在路上》电子版发给我，以后又多次发QQ邮件，要我给他即将出版的新书写几句话。看到书稿后，我发现他的书稿已经请了不少名人、作家、文友题词、作序和评论。我还能再写些什么呢？再写放到书里就有些不伦不类了。

祁军平一再发QQ邮件催促，人家又不停地叫我丁老师，我这个比祁军平多吃了20多年干饭的人，不好意思推诿，无奈只好“束手就擒”了。既然题词、序和书评都有了，我就不具体评书稿了，就给祁军平写几句话吧！

看到书稿，我一是震惊，二是振奋，三是震撼。

震惊的是，我记得1997年还是1998年，祁军平头一次参加《陕西交通报》通联会。他当年，是一个二十出头，腼腆、憨厚、木讷，不敢说一句话的来自麟游公路段的养路工，还是头一次进省城。出外活动时，我们怕他走丢，专门派人陪护着他。如今这个当年木讷的憨小伙却要出书了，能不震惊吗？

振奋的是，他十多年来，辛勤耕耘，矻矻追求，已是中国微型小说学会、陕西省小小说学会等多种协会会员。他不但在《陕西交通报》上不断发表作品，还在《陕西日报》《华商报》《中国交通报》《中国公路》《中国公路文化》《百花园》和《宝鸡日报》等社会公开的报刊上，发表了十几万字的作品，是陕西交通作协会员中少有的勤奋作者。他进步忒快，成果丰硕，令人振奋。

震撼的是，他发来的书稿洋洋六辑，13万字，小小说、散文、杂文、读书笔记、通讯等，品种多样。近20年来，他既写文学作品，又写新闻报道、工作研究，拳打脚踢，样样都干。当然他主要专攻小小说，这方面的成绩也大。他的大部分作品，以小见大，以真见情，言简意赅，不回避矛盾，敢于直面社会，直面生活，针砭时弊，令人震撼。

祁军平一直在基层麟游公路段当养路工、施工员、工地试验员，如今是一名路政员。他白天要和同事一起上路巡查公路或查处涉路事案，回到办公室还有一大堆资料需要整理，日复一日重复着机械的生活。可是，祁军平没有愧对生活，他每天默默奉献，把整日忙碌的、机械的生活，视作财富和情感体验，充盈着他的文学梦。这是何等的难能可贵啊！

有梦想就有目标，有梦想就有奔头，有梦想就有动力，有梦想就有精神。

祁军平是陕西交通作协会员中的佼佼者。他的追求让我感动，他的精神让我感染，他的努力让我敬佩。

当然，在我们肯定和赞扬祁军平的精神和努力的时候，对他和他的作品过度揄扬都是不利于他创作的提高和发展，也是对他和我们交通作协业余作者不负责任的态度。实事求是地讲，当前我们陕西交通作协作者的整体水准还不是太高，还缺乏有影响的长篇力作。我们始终应该保持清醒的头脑，包括祁军平本人和每个交通作者，视野都应更加开阔开放，立意应更高更深更新，知识面应更加增强扩大，题材、体裁应更加丰富多样，读书学习热情应更加积极主动。

祁军平还年轻，他的文学创作之路还很长。我衷心地祝福祁军平在文学创作的道路上越走越远，越走越稳，越走越好！

军平让我给他写几句话，我这里一写就多了，好在都是自家人——文友，不好意思，也不知这算几句话了？

2015年3月1日

为民便民惠民的民心工程

——陕西白水县开通“城乡公交一体化”探访

春回大地，万物复苏。暖暖的春风，拂过白水县的破碎地形，起伏山峦，纵横沟壑，唤醒了沉睡一冬的果树，粉色的苹果花含苞待放。

2008 年，字圣仓颉、酒圣杜康故里的白水交通人以首吃螃蟹的勇气，率先推出了我省农村客运的“名片”——“三农快客”。

2011 年，中国苹果之乡勤劳而智慧的白水交通人又打造了三农快客的升级版——“通村客运”。

2014 年 1 月，经过长时间的酝酿和精心的筹备，白水交通人又奏响了农村客运从“三农快客”到“通村客运”再到“城乡公交一体化”的发展三部曲。在广袤的渭北希望的田野上，一种更加为民便民惠民的农村客运模式应运而生了。

这农村客运发展的第三部曲——城乡公交一体化，奏得怎么样？如何起步？发展怎样？存在哪些新的问题？带着一连串的疑问，阳春三月的一天，记者第三次来到白水县威远运业有限责任公司进行实地探访。

时代的呼唤

我国作为一个农业大国，同时也是一个发展中国家，地区差异、城乡差别还很大，“三农”问题历来是全国工作的重点。党的十八大报告明确提出，解决好农业、农村、农民问题是全党工作重中之重，城乡发展一体化是解决“三农”问题的根本途径。

交通作为城乡联系的纽带，实现城乡一体化发展，首先要实现城乡交通一体化发展。交通运输发展的根本目的，就是为经济建设、社会发展、新农村建设和群众出行提供便捷的服务。随着农村公路实现村村通、客运站点等基础设施逐步改善，加快推进城乡客运一体化发展，让更多的农村群众享受到与城市公交大致相当的出行服务，已成为交通运输部门一项重要而紧迫的任务。

2011年，交通运输部印发《关于积极推进城乡道路客运一体化发展的意见》，提出推进城乡道路客运一体化发展，实现城乡道路客运资源共享、政策协调、衔接顺畅、布局合理、结构优化、服务优质，是实践科学发展观、贯彻中央统筹城乡协调发展战略、落实中央“三农”政策的重要举措，是加快转变城乡道路客运发展方式、提升行业可持续发展能力、发挥行业比较优势的迫切需要，对推进城乡道路客运基本公共服务均等化具有重要意义。

由此可见，发展城乡客运一体化不仅是农民群众祖祖辈辈的渴盼和愿望，更是时代的呼唤。对于这一点，白水县人大代表、威远运业公司总经理郭亚民有着超出一般民营企业家的深刻认识，他说：“‘衣食住行’是群众生活最基本的需要，在我看来，‘行有所乘’也应该是基本公共服务的一项重要内容。今天，社会公众不仅关注交通建设成就，更关注在保障和改善民生方面是否有更大作为。我们只有把交通运输基本公共服务做到位，有效发挥交通基础设施的经济效益，才能说是找准了交通运输工作的落脚点。”

艰难的起步

“城乡公交一体化这个问题我们酝酿了很久。去年6月份，林皋和尧禾两乡的‘通村客运’班车经营到期，我们就向相关部门汇报，准备进行公车公营的公交一体化改造。我们对困难有一定的思想准备，但万万没想到阻力会如此之大。”白水县威远运业公司总经理郭亚民告诉记者。

白水县原有的“通村客运”车辆由威远运业公司全额出资购买，经营上实行责任人承包经营的方式。承包户们一听说要进行公车公营，情绪非常激动，到相关部门上访，阻挠客运站正常运营，破坏客运设施等现象不断发生。

“没有办法，我们只好在原有的经营期限上又延长了几个月。同时利用这几个月的时间，我们对其他县城乡客运一体化做得比较好的地方进行了考察学习，选定了车型，确定了经营模式。最终由威远运业公司出资购车持股51%，原承包户入股49%，双方共同经营，这样才逐渐平息了城乡公交一体化改造的矛盾。”郭亚民说。

2013年8月23日，白水县交通运输局从白水实际出发，印发了《关于实施城乡客运公交一体化的实施方案》，成立了由主管交通副县长任组长的领导小组，确定按照“方便群众，服务社会，慎重选择，分片实施，逐步推进”的原则，将拟开通的城市公交线路与现通村班线对接，循环运行。

2014 年 1 月 24 日，白水县城乡公交一体化线路正式开通运营，仍由白水威远运业有限责任公司承办经营。先在两条线路上试运营：一条是白水到尧禾乡，一条是白水到林皋乡。经过多方面的比对和调研选用 16 座的东风超龙公交车 24 辆投入运营。这同时，其他原有的“通村客运”班线继续村到村、乡到村、县到村地为农民群众提供便捷服务。

由于缺乏强有力的资金支持，白水县城乡公交一体化只能实行阶梯票价。白水到尧禾乡全程 15 公里，票价 4 元，比原来通村客运便宜两元；白水到林皋乡全程 25 公里，票价 5 元，同样比通村客运便宜两元。

“作为民营运输企业，我们在做好公共服务的同时，还要追求经济效益。我们最初也想搞个通票，但是没有政府资金支持，只能实行阶梯票价，在原有价格的基础上下调两元，让利于民。我们前一段时间去安康平利进行了考察学习，人家那边实行 2 元一票制，比我们价格便宜很多，但是人家政府每年对每辆公交车补助 3 万元，补助 3 年，还有其他各类政策扶持。我们目前只能做到保本经营。”谈到这儿，郭亚民对记者发出

了无奈的感慨。

从出行难到出行好

尽管遇到这样那样的困难和阻力，白水县的城乡客运一体化还是搞了起来。乘客反映如何？记者随机乘坐了两趟城乡公交进行了体验。

距离白水客运站不远就是白水县东风小学，时值放学时间，记者看到20多名小学生在站牌下独自等车，而不远处校门口还有大量的家长在等候。

“你们都是一个人坐车回家?”

“是……”

“以前没有公交车的时候，怎么回家呢?”

“爸爸妈妈来接。”

这时又走来一位家长领着孩子，准备乘车。

“你好，你是准备带孩子坐公交回家?”

“是的，打算带她坐几趟，以后就让她单独一个人坐公交了。”

“您觉得这个公交方便吗?”

“太方便了，以前没有公交车都是家长接送，送完孩子我们去单位经常迟到。从去年开始，单位上班纪律严格了，我们还正发愁怎么接送孩子呢，公交车就通了，城里面5分钟一趟，真的很方便。”

这时，从白水开往林皋乡的城乡公交进站了，大家排队上车，秩序井然。城乡公交在城区内实行一元一票制，车上设有投币箱，非常方便。车辆逐渐驶出城区，孩子们也陆续下车，记者此时看到了整个车厢的环境。车内以蓝色和黄色为主，设有16个座椅，前面上车，后门下车，每辆车上还配一名安检员兼售票员。司机和售票员都穿着整齐统一的工装，干净清爽的车容车貌让乘客和记者感觉非常惬意。

美中不足的是，在一个公交站牌下摆着一溜儿垃圾桶，影响公交车进站，污染候车环境。“我们公司协调过多次，但是垃圾桶的问题一直没有解决。”售票员对记者说。

出城区不远，上来一位老大娘，手里提着两个塑料袋儿。售票员见状立即上前接过袋子，并扶老人在门口的位置坐下。记者上前与老人聊了起来。

“大娘，您是去哪儿啊？”

“大杨村。”

“您觉得现在这个公交车好不好？”

“好，当然好啦！”

“您觉得好在哪里?”

“方便么，还便宜。”

听到记者的提问，旁边的一位大姐也兴致勃勃地加入了进来。

“现在确实方便了，10 分钟一趟，不用你等车，到了就能走。我今天是回老家看个亲戚，要是以前肯定就不去了，走起来太麻烦。”

在 40 多分钟的行程里，记者一共采访了 6 名乘客，听到最多的就是“好”“方便”“便宜”。

返程时，记者在一个三岔路口下车，换乘白水开往尧禾乡的公交车。车上有 20 多名乘客，车内干净整洁，乘客也没有大声喧哗的，身着统一工装的售票员不时地提醒乘客扶好坐好，注意安全。

记者看到一位提着 X 光片的乘客，便走了过去。

“大哥，你这是去县城看病回来?”

“是啊。”

“你觉得咱这公交车怎么样?”

“方便，要是早点开通就更好了，我年前骑摩托车摔了，胳膊骨折，如果当时有公交车，我就不骑摩托车咧!”

“是啊。那你觉得还有什么需要改进的地方吗?”

“没有了，这比以前好多咧！车又宽敞，又便宜，好着呢!”

记者又问了坐在他后面的一位老大爷。

“大爷，您觉着现在这公交车怎么样?”

“好啊！我天天坐。”

“天天坐?”

“是啊！我在县上给人家看大门，就晚上守着，白天不用在那儿，我就回尧禾乡了。”

“以前也这样天天回吗?”

“以前不，以前是那种小面包车，又小又低坐着不舒服，我宁可不回都不坐那种车。”

“那您现在回一趟跟以前比便宜了吗?”

“便宜多了。表面上看，一趟就便宜了两块钱。但是以前坐通村客运只能坐到城边的北站，进现场还得坐 5 块钱的出租或者 3 块钱的电摩。现在 4 块钱，想坐到哪就坐到哪。”

这位大爷的旁边坐着一位小伙子，记者跟他聊了起来。他告诉记者，原本他打算在白水县城买房子，现在通公交了以后，他不打算买房了。

“这是为什么？跟买房有什么关系呢?”

“你算算，假如我在县城北边买一套 100 平米的房，需要

20多万元不说，同样是去县委办事，我走过去需要20分钟，打车去要花5块钱，但是我住在尧禾乡，5分钟一趟公交，我从尧禾出发，不用下车直接到县委门口也就20分钟，票价只有4块钱。你说我买房还有必要吗？”

两天的采访下来，记者切身感受到了白水县城乡公交一体化的为民、便捷、惠民、安全以及在缩小城乡差别方面发挥的重要作用。

如果说“三农快客”和“通村客运”解决的是农民群众“出行难”“走得了”的问题，那么“城乡公交一体化”解决的就是农民群众“出行便捷”“走得好”的问题。

开得通还要可持续发展

既然城乡公交一体化得到了群众的一致认可，又有这么大的市场需求，为何白水威远运业公司只开辟了两条线路，没有进一步扩大规模呢？

“截至目前，光购置车辆和设置站牌等，我们已耗资400多万元了，大部分是贷款和借款，负担太重，困难很多，难以扩大规模啊。”郭亚民向记者倾诉。

为何这样一件政府说好群众需求和称赞的好事，企业却有苦衷呢?

白水县威远运业有限公司致力打造的城乡公交，说到底还是希望能够像城市公交一样，使广大农民群众享受质优价廉便捷的出行服务。而城市公交有一个很大的属性，就是它的公益性质。公益性质是公交车不可分割的一部分，这就注定了公交车行驶，要以满足广大人民群众的出行为目的，而不是以追求利润为目标。放弃利益搞公益事业，这对于一个民营企业是不现实的，也是要求过高了，或者说不是长久之计。

白水作为国家级贫困县，又是渭南市唯一的山区县。在缺少政府资金支持的情况下，一个民营企业承担了县里的城乡公交一体化经营重任，确实难能可贵了，也够难为企业了。

交通运输部在《关于积极推进城乡道路客运一体化发展的意见》中明确了四项基本原则，其中一条原则就是坚持政府主导，政策引导，要求“确立城市公共交通和农村客运的公益属性，争取各级政府和相关部门的支持，将城市公共交通和农村客运服务纳入政府公共服务范围，加大公共财政、土地等公共资源保障力度，不断满足城乡居民‘行有所乘’的基本公共服务需求。”《意见》在主要任务中更是明确提出要“研究制定农村客运公共财政保障制度，积极争取公共财政支持，通过以奖代补的方式，鼓励提高农村客运通达深度、广度和服务水平，引导农村客运公司化、集约化、规范化经营，增强农村客运可持续发展能力。”

但是目前相关管理部门对农村客运的公益性的认识仍显不足，容易造成关于城市客运和农村客运在发展政策方面的不衔接。如：城市公交在政策上享有财政补贴，短途客运不享有；城市公交税收在当地政府关照下往往享受优惠，短途客运不享有；在运营上，公交型车辆、停靠站点设置等似乎是城市公交的独享的权利，短途客运则处处受有关部门的限制。

政府养公交是义不容辞的责任，要想让城乡公交能够“开得通、留得住、有效益”，持续健康发展，政府必须给予一定的政策和资金支持。这方面，我省安康市平利县、宝鸡市眉县、咸阳市长武县已经开了先河，其他地方政府是否能够借鉴，农民群众翘目以待。

当然，白水的城乡公交一体化运营，记者采访时，也发现了存在的问题：

通村客运被城乡公交取代之后，镇与村之间的交通问题没有妥善解决。

票价起步 3 元，中途上下车的短距离乘客认为票价过高。

城乡公交覆盖面小，白水全县下辖 14 个乡镇，当下只有两个乡开通了城乡公交车，其余通村班线仍未改造、未受益。

县城内公交站牌下仍有交警部门划定的停车位，公交车无法靠站。这里面既有企业自身的问题，也有政府职能部门协调配合的问题。最重要的还是缺乏政府的资金支持和长远的发展规划。

白水县开通城乡公交只有短短两个多月，尚处于起步和摸索阶段，要真正使城乡公交一体化开得通，留得住，有效益并持续发展，要做的事还很多，任重而道远。

作为白水城乡公交一体化的主要承办经营者，威远运业有限公司首先需要做好企业自身的完善、规范、衔接和安全工作，要精心组织，科学管理，提升品质。把为民便民惠民的好事做实，实事做好。要有为才能有位。

交通和其他相关职能部门，要积极主动做好规划、统筹、引导、服务和协调工作。

政府要把城乡公交一体化作为自己义不容辞的分内工作，出台相应的法规、办法，保证在政策、资金和环境保障等各方面给予强力支持。

具有首创精神的白水交通人，已经迈出了坚实的第一步，他们的态度和坚持让记者看到了，在这样一个贫困县搞城乡公交一体化的难度和勇气。企业和企业家不仅仅要投入车辆、设备和资金，还要用感情投入，以德竞争，以德取胜，以诚取信，同时，更需要社会方方面面的理解和支持。

让我们共同为白水县城乡公交一体化运营，助威、鼓劲、加油！

（与张路合写）

2014年3月30日

丝路史话

古老神奇而声震世界的丝绸之路，是中国最早和中亚、西亚、欧洲和非洲之间政治交往、经贸往来和文化交流的交通大道。狭义的丝绸之路一般指陆上丝绸之路，广义上讲又分为陆上丝绸之路和海上丝绸之路。中国是生产丝绸的故乡，因其一开始在这陆路交通要道上，主要以丝绸为媒介进行经贸交易，当19世纪70年代著名的德国历史学家李希霍芬首先将这条陆上交通路线称为“丝绸之路”，即被此后中外史学家广泛接受，沿用至今。

在西汉之前，古老的中国中原通西域的道路已初步形成。西汉武帝两次派遣张骞出使西域，以长安为起点，与中亚各国建立了政治、经贸关系，丝绸之路正式开通。同时，汉武帝还几次派遣大将霍去病西征匈奴，设置四郡，开发河西，对丝绸之路的畅通起了重要作用。西汉末年，丝绸之路一度中断，东汉时的班超又以洛阳为起点，重新打通隔绝58年的西域，罗马帝国也首次顺着丝路来到当时东汉京都洛阳，这是欧洲和中国的首次交往。在通过这条漫漫长路进行贸易交往中，丝绸之路不仅是古代亚欧互通有无的商贸大道，还是促进亚欧各国和中国的友好往来、沟通东西方文化的友谊之路。

这一丝绸之路一经打通，就经历了曲折的不同的发展阶段和历史风烟。到魏晋南北朝时期，由于社会动荡，丝绸之路干道沿线割据政权林立，线路受阻。隋唐时期道路运输范围逐渐扩大，丝绸之路呈现繁盛之势。嗣后，丝绸之路时通时阻。到元代又继续发展，开通了亚欧大陆桥。明朝年间加强了对西域的经营，朝廷对西域各部族采取了种种怀柔抚绥的政策，丝绸之路重新开启发展。以后随着社会政治形式的变化和海运兴起，丝绸之路的功能也发生了变化。清代建成了“官马大道”，朝廷通过丝绸之路多次用兵护卫边疆，征讨民族分裂势力。民国抗战时期，苏联援华物资也曾沿丝绸之路源源不断地运入中国。

雪山、沙漠、戈壁、河川、绿洲……时而狂风漫卷，飞沙走石；时而寂静万里，空无一人；时而牧人炊烟，袅袅升起；时而驼铃阵阵，响过云天。这就是古代中国的西域，既苍凉荒蛮，又美丽富饶。我们的先人经过几代的开掘、奋战和流血付出，穿越了西域，开通了直到中亚、西亚和欧洲的丝绸之路。

陆上丝绸之路一般可分为东中西三段，而每一段又大概可分为北中南三条线路。

东段，由两汉开辟，从长安或洛阳到玉门关、阳关一带，基本还在中国内地。东段各线路的选择，多考虑翻越六盘山以及渡黄河的安全性与便捷性。从长安或者洛阳出发，到武威、张掖会合，再沿河西走廊至敦煌。

中段，仍由汉代开辟，从玉门关、阳关以西至今帕米尔高原，这就是中国古代辽阔的西域了。中段主要是西域境内的诸线路，它们随沙漠和绿洲的变化而时有变迁。三条线路在中途尤其是公元 640 年设立的安西四镇，多有分岔和支路。

西段，由唐代开辟，大约由从今帕米尔高原往西直接走出国门，经过中亚、西亚直到欧洲。自帕米尔高原以西直到欧洲的都是丝绸之路的西段，它的北中南三线分别与中段的三线相接对应。其中经里海到君士坦丁堡的路线是在唐朝中期开辟。

在历经千百年的漫漫历史长河中，有太多的英雄人物、历史名人，为开拓丝路上下求索，为发展丝路不断探险，为民族

和睦奉献终生，留下了许许多多可歌可泣的故事。

除了早已闻名遐迩，世人皆知的出使西域、开辟丝绸之路的英雄张骞和投笔从戎、重启丝绸之路的先锋班超之外，还有：奉命出使罗马帝国的甘英，西行丝绸之路的圣僧玄奘，中国佛教四大译经家之一的鸠摩罗什，唐太宗派文成公主和吐蕃首领松赞干布和亲，意大利著名的世界旅行家马可·波罗和他的《马可·波罗行纪》，天主教在中国传教的主要开拓者利玛窦，瑞典探险家斯文·赫定，首个发现楼兰古城，填补地图上西藏的大片空白两项成果，名满天下，以及著名的德国旅行家、地理学家和科学家李希霍芬男爵在他的巨著《中国》中首次提出了“丝绸之路”一词等，这些都是为丝路开拓、发展和交流做出了不可磨灭贡献的重要人物。

斗转星移，世事沧桑。往昔丝路上商贾来往穿梭繁忙的景象已成为历史烟云，悠扬的阵阵驼铃声响也已从我们耳畔消失，但这些中外群星，荟萃闪光，他们和“丝绸之路”的盛名一样，将永远流芳百世！

古老神奇而声震世界的丝绸之路已成为历史，但它在相当长的历史时期中沟通了亚洲、欧洲和非洲之间的政治、经贸和文化交流，成为古老的中国同世界人民友好往来的桥梁，为人类文明和进步做出了巨大的贡献，建立了不朽的功绩。

今日，中国作为负责任的大国高举和平发展的旗帜，主动发展与沿线国家的经济合作伙伴关系，共同打造政治互信、经济融合、文化包容的利益共同体、命运共同体和责任共同体，向世界提出了“一带一路”的宏伟战略构想。“新丝绸之路经济带”和“21世纪海上丝绸之路”，必将为世界经济发展和文化交流做出新的更大的贡献！

2015年9月10

后　记

为了迎接五年一次的全国干线公路大检查，陕西交通作协公路分会，决定以陕西交通作协的名义，出一套水准较高的一书一号公路交通文学作品集。问我有无作品要出？我说这是大好事，便不假思索地说："出！书名《寻找》。"

起了这样的书名《寻找》后，我才感觉有点匪夷所思，我要寻找什么呢？

是啊，一个衣食无忧、有老婆娃娃孙子、如古人所说直奔古稀之年的人，还在寻找什么呢？

一位美国著名心理学家、行为学家马斯洛，他把人的需求由低到高，划分为：生理需求、安全需求、社会需求、尊重需求和自我实现需求五个层次。

生理需求是人的最原始、最基本的需求，如吃饭、穿衣、性生活、住宅、医疗等。若不满足，则有生命危险。这就是说，它是最强烈的不可避免的最底层的基本需求，也是推动人们行动的强大动力。

安全需求要求劳动安全、职业安全、社会安全、生活稳定、希望免于灾难、希望未来有保障等。安全需求比生理需求较高一级，当生理需求得到满足以后就要保障这种需求。

社会需求是社交的需要也叫归属与爱的需求，是指个人渴望得到家庭、团体、朋友、同事的关怀、爱护和理解，是对友情、信任、温暖、爱情的需求。这种归属与爱的需求要比生理和安全需求更细微、更难捉摸。

尊重需求可分为自尊、他尊和权力欲三类，包括自我尊重、自我评价以及尊重别人。尊重的需求很少能够得到完全的满足，但基本上的满足就可产生推动力。

自我实现需求是最高等级的需求。也是人的精神需求。满足这种需求就要求完成与自己能力相称的工作，最大限度地发挥自己的潜在能力，成为所期望的人物。这是一种创造的需求。有自我实现需求的人，似乎在竭尽所能，使自己趋于完美。自我实现需求意味着充分地、活跃地、忘我地、集中全力全神贯注地体验生活。

在当代，我们中国人当然也需要这五种需求。随着国人的温饱问题基本解决，人们越来越渴盼安全需求、社会需求、尊重需求和自我实现需求。特别是自我实现需求也越来越引起人们的关注和重视，并作为自己追寻的目标。

有需求，就要去追求。有追求就要去寻找。有寻找就要有目标。

这个世界太过美好。

这个世界太过无奈。

这个世界太过复杂。

这个世界太过无情。

这个世界太过混沌。

这个世界也太过多彩。

因此人们不得不去探秘，不得不去寻找，寻找最适度的自己，寻找远方的美好风景，寻找生命理想的乌托邦。也就是说去创造、去体验、去满足“自我实现需求”。

人活着多么不易，要活出一番境界来更是难上加难。除了衣食住行，还要不停地寻找，不停地歇脚，不停地停靠，不停地奔跑。当然，每个人都有自己的活法，不同的活法又创造了不同的人生和不同的寻找，这过程中的无怨和结局的无悔，是判定成败的前提。因为这寻找过程就是一种美丽、一种享受。

寻找过程也是一种痛苦。

一个人什么都想要，就带来最大的麻烦，也可能什么都找不到，就形成最大的痛苦。我想应该像杰出的中国女建筑学家、文学家林徽因那样，学会“在自己的内心修篱种菊”。

我也不停地寻找，只为寻找到更好的远方的我，寻找属于自己的文字，寻找属于自己的美丽风景，寻找属于自己的精神家园，寻找属于自己心灵的“伊甸园”。在不同的地方，不同的阶段，有不同的风景，有不同的目标。我笃信远方的我定会为现实的我助力，我笃信一旦拉住远方我神奇的手，我平庸的生命即可获取无尽的能量去释放。这就是寻找的动力。这些年来我一直在寻找，可这神奇的手在哪里？

终身不得志的奥地利著名心理学家弗洛伊德，在临终给他的情人玛丽亚的信中写道：“当一个人追问生命的意义和价值时，他就得病了，因为无论意义还是价值，客观上都不存在。一个人这样做，只能说明他示得满足的原欲过剩。”

我反复地思索着这位老先生的话，我明白，这就是说健康的人不必追问生命的意义和价值。因为，健康的人是充满活力的，他的欲望经过努力是可能得到满足的。只有当人生命处于病态的时候，才会发出这样的追问。我想我这个暂且健康的

人，虽然不必去追问生命的意义和价值，但是，是不是需要不断地来调整自己的心态，不必刻意去求索，无须精心去处世，一切顺其自然，寻找也要顺其自然。还是脚踏实地，在文字的海洋里去寻找属于自己的天地吧！

感谢著名作家子页兄，看了我的书稿和以前的几部集子，用了仅几个晚上，就写成了《其人其文皆上品——读丁晨散文集＜寻找＞》美文。子页兄不愧是写作的老手、快手和高手。他慧眼金睛，一矢中的。他写道："丁晨要寻找什么？读过他的作品后，我以为，丁晨寻找的是历史，是信念，是灵魂，是平平常常生活中的诗意，是普普通通人性中的美质。""寻找'公若登台辅，临危莫爱身'的艺术生命。读过丁晨的《寻找》，我似乎明白了他在寻找一个真实的自己！"

哦，寻找远方的我，不就是寻找一个真实的自己吗？

近年以来，我面对人事、人生、家庭、社会和读书等各种现象，有感而发，写就了一些随笔、散文。虽然写得不多、不深、不广，但是，它是用自己的思考，自己的语言，写属于自己的文章。我把它作为"生活杂感"一辑，收进了集子。

前不久，我应邀承担了省内几位作家策划出版的《国家名片上的丝绸之路》一书的一些写作任务。我把我写的几篇文稿，经过修改整理，作为“方寸世界”一辑选进了《寻找》集子。

另外，作为交通人，我也写了几篇有关交通人和事的随笔、散文、报告文学，我把它作为“交通风景”一辑，编进了集子。

以上这些就是《寻找》这部小册子写作、出版的缘由和全部内容。

由于《寻找》是“公路交通文学作品集”其中的一部，按照与出版社签的合同，必须和其他十几部书，一并同时出版。时间仓促，任务紧迫，为了不影响出版大局，我必须排除干扰，加紧写作，按期交稿付梓。这样，这部小册子无论是数量还是质量，存在不足和遗憾，都在所难免。倘若再有更多的时间，有可能写得更多、更广、更厚实一些。那么，只有恭请各位方家和读者见谅，并不吝赐教、臧否！

感谢交通作协公路分会的蒲力民先生、王惠和王玉平女士，他们热情地给各位作者服务，忙前忙后与出版社和作者沟通联系。没有他们的努力和服务，也就没有这套作品集的出版。

感谢太白文艺出版社韩霁虹总编辑和责任编辑们，他们积极热情地扶持公路交通文学事业，主动把这套文学作品集列入出版计划，不辞辛劳认真审读全部书稿，使这套文学作品集得以顺利出版。

斯书一出，长舒一气，顿笔休整，来日耕耘，是为后记也！

2015 年 9 月 12 日于西安含光门外